Flavio Oreglio

BIS

Nuovi momenti catartici

Prefazione
di Maurizio Costanzo

MONDADORI

Dello stesso autore

nella collezione Biblioteca Umoristica Mondadori

Il momento è catartico

Si ringraziano Antonio Galuzzi, Antonio De Luca,
Dado Tedeschi, Enzo Cortese, Carlo Turati
e Renato Trinca per la cortese collaborazione.

Disegni di Tiziano Riverso

www.mondadori.com/libri

ISBN 88-04-51201-6

I edizione gennaio 2003
VIII edizione aprile 2003

Indice

Prefazione

Negli ultimi anni, ma può essere colpa mia, ho riso sempre meno sia al cinema sia in teatro, e proprio per nulla leggendo. Flavio Oreglio ha fatto, almeno a me, un piccolo ma molto gradito regalo. Quando Mondadori pubblicò *Il momento è catartico,* sfogliandolo mi imbattei in alcuni aforismi, in alcune canzoncine che naturalmente mi fecero ridere e soprattutto, questo è ancora più importante, non mi vergognai di quelle risate. Poi, Flavio Oreglio è stato spesso ospite del «Maurizio Costanzo Show» e ho perciò avuto conferma delle sue qualità. Chi fa cabaret o teatro leggero deve ricorrere, per garantirsi una ragionevole tenuta del successo, a una serie di personaggi che rimangano nella memoria del pubblico e suscitino perciò rinnovi di contratti. Oreglio legge le sue strofette, talvolta si finge addirittura poeta e non ha bisogno né di caratterizzarsi né di dialettizzarsi.

Ho sotto gli occhi le bozze di *Bis* che ha per sottotitolo *Nuovi momenti catartici.* Ci sono quelle che lui chiama poesie ma in realtà sono aforismi elaborati. Per esempio: «Siamo qui su questo scoglio, / lontani dal traffico, / lontani dal caos, / lontani dallo smog... / Non ci resta che aspettare i soccorsi».

Poi c'è il gioco dei «se» («Se credi in Dio, ma Dio non crede in te»). Molti «se», uno via l'altro, e alla fine: «Se succede tutto questo, amico mio, ricorda che la vita è poesia, perciò ti invito a rispondere per le rime».

Sicuramente sono le cose che fanno più effetto ma il libro va letto tutto, anche nelle parti per così dire di prosa, che raccolgono momenti, ambientazioni, ricordi.

E infine, in appendice, ci sono i testi di alcune canzoni che Oreglio ha scritto.

Ripeto: l'autore ha il merito di portarmi al sorriso o alla risata e consentirmi quindi una punteggiatura allegra in una scrittura del quotidiano che spesso non lo è affatto. Mi auguro che i lettori siano numerosi e che si accorgano di Oreglio coloro i quali nel mondo rarefatto della cultura alta, con un aggettivo, possono regalare un successo eterno.

Maurizio Costanzo

BIS

Nuovi momenti catartici

J'accuse!
(Dirò!)

IL LAVORO NON HA MAI UCCISO NESSUNO...
PERÓ... PERCHÉ RISCHIARE???

Il lavoro non ha mai ucciso nessuno, però perché rischiare?

La gente non si fida...

C'era uno in ospedale, il medico gli ha detto: «Lei ha un'ernia al disco, sicuramente la operiamo».

E lui: «Io però vorrei un secondo parere».

E il medico: «Lei è uno stronzo!».

Il caffè mi rende nervoso...

Quando bevo il caffè, in autostrada passo le auto così: *vromm! vromm!*

Qual è il problema?

Che non ho la macchina!

Chi va con lo zoppo è un assistente sociale!

Ci hanno insegnato che gli uomini sono tutti uguali... fatevi un giro al campo nudisti.

PER ME I PARENTI HANNO UN VALORE STRAORDINARIO, PERÓ PORCA PUTTANA...
UN MILIARDO PER IL RISCATTO DEL NONNO, MI SEMBRA ECCESSIVO!

La fortuna è cieca, ma anche i gobbi portano fortuna... Non c'è che dire, proprio un gran culo!

Io sono un tipo romantico. Ogni volta che esco con una ragazza mi innamoro di lei. Ma finisce sempre nello stesso modo: lei vuole essere pagata ugualmente.

Brenno gridò: «Guai ai vinti! Pesate anche questa!». E fece bottino speculando sulla propria orchite.

Dopo il tempo delle vacche grasse arriverà il tempo delle vacche magre. C'è di buono che le vacche non mancheranno mai!

Dagli amici mi guardi Iddio che dai nemici mi guardo io, e tutti insieme si guarda un porno in TV.

A volte le donne sono imprevedibili. Mi disse che voleva conoscere i miei genitori. «Per un fidanzamento ufficiale?» le chiesi... «No» rispose, «per uno scambio di coppia.»

Amo le prostitute e la loro filosofia. In particolare mi piace quel loro detto: «La lingua batte dove il cliente vuole!».

Ho un dubbio. Perché gli atei quando muoiono si mettono in giacca e cravatta? Dove cazzo devono andare?!

Il movimento anarchico è fallito perché non sono riusciti a organizzarsi.

Vi parlerei col cuore in mano, ma temo di farvi troppa impressione.

Giocare al calcio è bello. Forse sarà perché in quei momenti ci sembra di ragionare con i piedi, il che è già un progresso per gente come noi abituata a ragionare col culo!

Dulcis in fundo: il dolce alla fine. Del giro di amari offerto dalla casa non parla mai nessuno.

In un rapporto la gnocca non è la cosa più importante. Ma con quella modella non mi sembrava il caso di affrontare l'argomento.

Ungaretti in età matura scrisse: «M'illumino d'immenso». Quindi non è vero che solo i giovani si drogano.

È inutile piangere sul latte versato. Ma è da pirla ridere sul latte in bottiglia.

Una volta salii da lei e poi salii su di lei, continuava a ripetere: «È troppo bello per essere vero, è troppo bello per essere vero...». Vistomi scoperto, mi tolsi quella stupida protesi.

Viviamo in un brutto mondo: due ore fa uno su un'auto di cortesia mi ha mandato affanculo!

Amici, ho appena avuto una doccia scozzese. Cazzo, il sapone me lo sono dovuto portare da casa, e al posto dell'acqua calda c'era uno col kilt che mi sputava addosso.

Dall'arca di Noè non tutti gli animali discesero. Una coppia di tarli non ne volle proprio sapere.

Dirò che l'amore è una cosa meravigliosa. Che l'amore riesce a farti volare, che l'amore ti rende leggero, che l'amore ti toglie i pensieri. L'amore è come il crack, solo che costa di più.

Vi avverto, il giorno del giudizio è vicino. Vabbe', dài, non sarà poi la fine del mondo!

Amici, vi presento il mio cavallo di battaglia. *Iiiiiii, bang bang*, morto!

Sua madre si chiamava rosa, suo padre narciso. Ovvio che fosse un figlio dei fiori.

Ho preso due piccioni con una fava, e adesso? Mi cagano dappertutto!

Credevo che oltre al pomo d'Adamo potesse esistere anche il pomo di Eva. Poi ho capito che si trattava di un travestito.

I canguri stanno imparando a camminare, lo fanno da quando hanno saputo che esistono i quattro salti in padella.

Non credo alle frasi d'amore contenute nei cioccolatini. L'unica frase di cioccolatini a cui crederei è: «Stai ingrassando coglione».

Lei mi ha detto: «Ti lascio perché non hai fantasia». E ci sono rimasto male, perché non me lo sarei mai immaginato.

La poesia si chiama *Il passero solitario*, perché se fosse stata una passera non sarebbe rimasta solitaria a lungo.

In vetta si è sempre soli: per forza, fa un freddo cane, nevica che Dio la manda e si corre anche il rischio di incontrare Messner, chi cazzo ha voglia di accompagnarti?!

La verità alla fine viene sempre a galla, ma se d'inverno fuma non è la verità.

I molluschi hanno un'intelligenza vivace, ma da qui a sposare una cozza…

Il delitto non paga... provate a lavorare per la RAI.

In tutto l'universo esiste così tanta energia cinetica che per forza ogni tanto mi girano le palle.

Un giorno saremo tutti senza catene, speriamo non nevichi…

Spesso l'amore per una donna è cieco, ma anche tu, a forza di pippe, ci vedi ben poco!

Processare Previti è come cercare l'ago in un pagliaio: non solo non si trova l'ago, ma anche il pagliaio continua a spostarsi…

Non bisogna mai credere alle donne. Quando lei vi dice: «Sei il mio faro», controllate che lei non sia invece un porto di mare.

In ogni donna batte un cuore, ma a volte solo per solidarietà con la proprietaria.

Dal letame nascono i fiori, ma non è una buona ragione per cagare nei vasi.

Il buon giorno si vede dal mattino... È la giornata di merda che ti coglie alla sprovvista.

Chi va al mulino si infarina, ma anche chi va in Colombia non scherza.

È un bel problema essere miopi. Sono entrato in un ambulatorio dicendo: «Dottore, dottore, ci vedo ogni giorno un po' meno!», lui mi ha accompagnato gentilmente alla porta sussurrandomi: «D'accordo, d'accordo, ma adesso esca dalla mia macelleria!».

Solo una volta sono rimasto perplesso, quando nudo, davanti a lei, le dissi: «Ti sembra abbastanza grande?», e lei rispose: «Sì, se penso a quant'è piccolo il mondo!».

C'è gente che si dà al mercato grigio, perché non riesce a essere disonesta fino in fondo.

Tra moglie e marito non mettere il dito... La moglie potrebbe rimaner delusa.

Vi dirò del giorno in cui Giovanni lasciò Martina... Lei venne da me e mi raccontò tutta la storia. Dopo un'ora la bloccai mentre stava iniziando a spiegare le cause della caduta dell'Impero romano d'Occidente.

Donna ti dirò: l'esistenza ha uno scopo, e quando tocchi con mano le bellezze della vita sei solo a un passo dal traguardo.

Chi vuole avere sempre ragione è un coglione... ma ovviamente potrei sbagliarmi.

Gli anziani hanno tutta un'altra cultura, ho detto a mio nonno: «Mangia ciò che ti senti». Ha inghiottito l'apparecchio acustico.

Il nonno ha portato la nonna all'ASL per un controllo. Il dottore: «Sua moglie ha una brutta angina». E lui: «Sì, però il culo è ancora buono».

La verginità non mi interessa, ma l'astuccio che la conteneva sì.

Dietro a un grande uomo c'è sempre una grande donna. Ma se la grande donna sta dietro vuol dire che non ha capito un cazzo di dove deve stare.

Ribadisco: dietro a un grande uomo c'è sempre una grande donna... ma sotto un uomo molto ricco c'è sempre un gran pezzo di gnocca.

Il problema non è mettere mano al portafogli, ma sfilarlo via prima che il proprietario se ne accorga.

In amor vince chi fugge, ma, per non inciampare, meglio tirarsi su le braghe.

Chi ha detto che ne ferisce più la lingua che la spada, non ha mai limonato con una spada.

Dove c'è un uomo felice c'è sempre una donna che si lamenta dell'eiaculazione precoce.

Il colore della pelle non conta: bianchi e neri siamo tutti uguali, siamo tutti sulla stessa barca!... Ecco, per cortesia, quelli un po' più scuri ai remi...

Il coraggio non è tutto nella vita. Infatti aveva ragione mio nonno quando diceva: «Se avanzo seguitemi, se mi fermo uccidetemi, però ogni tanto fatevi un po' anche i cazzi vostri».

Ci sono treni che passano una sola volta nella vita... hai avuto sfiga a stare sui binari proprio in quel momento lì.

Qualcuno ha detto che la montagna ha partorito il topolino... Che cazzo di genetica è questa?!

Non è vero che di mamma ce n'è una sola... Anche il mio vicino ce l'ha!

Mille e poi mille son le cose da dire, ma non è più tempo e dobbiamo andare.

Poesie

Ti chiedi perché tutti ti evitino.
Ti chiedi perché senti gli occhi straniti della gente su di te.
Ti chiedi perché qualcuno mormori parole lontane…
Pirla! Stai andando contromano in autostrada!

Non lamentarti:
sei stato grande!
Non lamentarti:
hai dimostrato attaccamento alla maglia.
Senza di te,
senza il tuo coraggio,
senza la tua abnegazione
avremmo perso la partita…
Certo che una pallonata nei coglioni fa un
male della madonna!

Hai preso la panna montata
ma solo per i tuoi giochi erotici.
Hai preso il miele
ma solo per i tuoi giochi erotici.
Hai preso la Nutella
ma solo per i tuoi giochi erotici.
Capisci perché ho affettato il vibratore?

Guarda là, verso l'orizzonte,
dove il cielo sembra toccare il mare...
Guarda là, verso l'orizzonte,
dove il sole rosso colora l'azzurro...
Guarda là, verso l'orizzonte,
dove sembra cadere l'arcobaleno...
Vedi?
Ecco, quella là è la stronza di cui ti ho parlato!

Alta è la notte.
Mi sveglio.
Mi giro.
Ti vedo.
Porca vacca! Allora non era un incubo!

Mi parli del lavoro
e mentre ti ascolto accendo una sigaretta.
Mi parli di tua madre
e mentre ti ascolto accendo una sigaretta.
Mi parli dei tuoi problemi
e mentre ti ascolto accendo una sigaretta...
Amore, ti amo ma facciamo un patto:
io smetto di fumare e tu non mi scassi più le palle!

NATALE 1

È Natale
vedo le renne volare
e ho paura...
Eh! Le renne non sono piccioni!

M'hanno bocciato all'esame di psicologia:
l'ho presa con filosofia.
M'hanno bocciato all'esame di economia:
l'ho presa con filosofia.
M'hanno bocciato all'esame di geografia:
l'ho presa con filosofia.
M'hanno bocciato all'esame di filosofia:
ah, l'ho presa nel culo anche stavolta.

Amore,
finalmente ho capito…
Ho capito perché sei fuggita.
Ho capito perché non mi hai dato spiegazioni.
Ho capito perché mi hai fatto del male.
Era tutto così semplice…
Sei una testa di cazzo!

Io ti amo,
lo sai,
e adoro fare tutto quello che fai tu.
Hai messo il maglione…
Ho messo il maglione.
Hai indossato i doposcì…
Ho indossato i doposcì.
Hai messo i fuseaux…
Ho messo i fuseaux.
Però, amore, cerca di capire…
È Ferragosto e andiamo in spiaggia!

Mi piace la nostra intimità,
coccolarti mentre i nostri corpi si avvinghiano.
Adoro sentire la tua voce…
Però, amore,
puoi evitare di schiacciarmi le palle col gomito?

Non temo il tuo uomo
e ho rubato una rosa per te.
Non temo il tuo uomo
e ho rubato una viola per te.
Non temo il tuo uomo
e ho rubato un ciclamino per te.
Non temo il tuo uomo...
però ho il fioraio alle calcagna.

A volte ti sento così vicina…
A volte ti sento così lontana…
Certo che hai proprio un cellulare di merda!

Annuso i tuoi capelli
e sento l'odore dei campi di grano.
Sfioro le tue labbra
e sento il sapore del Mediterraneo.
Soffio sulla tua pelle
e sollevo nell'aria l'effluvio dei boschi.
Fatti una doccia una volta ogni tanto!!

Ogni mattina un pettirosso si alza e vola.
Ogni mattina un canarino si alza e canta.
Ogni mattina una colomba si alza e tuba.
Non importa che uccello hai,
l'importante è che si alzi!

A quella festa c'erano uomini ricchi e famosi.
Eppure, tu guardavi me.
A quella festa c'erano uomini belli e focosi.
Eppure, tu guardavi me.
A quella festa c'erano uomini giovani e radiosi.
Eppure, tu guardavi me.
Una volta che mi capita una gnocca, è strabica!

È tornata la primavera e ci ha trovati ancora qui.
Poi è arrivata l'estate e ci ha trovati ancora qui.
Poi è giunto l'autunno e ci ha trovati ancora qui.
Quindi, puntuale, è ritornato l'inverno e ci ha trovati ancora qui...
Mai visto uno sciopero dei treni così lungo!!

Ho sfiorato il tuo viso…
Ho sfiorato i tuoi fianchi…
Ho sfiorato il tuo corpo…
Che mira di merda che ho!

Sono solo, di notte, per la strada…
Un anziano mi consiglia di andare a casa.
Una donna passa e mi dice: «Su con la vita».
Un bambino mi prende per mano e mi accompagna in un bar…
Certo che in questo posto i cazzi suoi non se li fa nessuno!

Passano i minuti e tu non arrivi.
Passano le ore e tu non arrivi.
Passano i mesi e tu non arrivi.
Però…
mi sono nascosto bene!

Lo so, c'è molta dolcezza nel sorriso di un
bambino.
Hai ragione… c'è molta tenerezza negli occhi
di un anziano.
Certo… puoi trovare della poesia nello
sguardo di un randagio.
Però, siccome questi sono 40 mq,
adesso tu, tuo figlio, tuo nonno e il cane
andate fuori dai coglioni!

La vedi la luna?
La prenderei per farne un diadema per te.
Le vedi le stelle?
Le prenderei per farne orecchini per te.
Li vedi i pianeti?
Li prenderei per farne collane per te.
Allora,
me la dai o devo distruggere l'universo?

Ho scalato le montagne più alte
per cercare e trovare una stella alpina per te.
Mi sono tuffato nel mare profondo
per cercare e trovare delle conchiglie pazzesche
per te.
Sono volato fino in Africa
per cercare e trovare una rosa del deserto per te.
Poi...
un giorno...
sotto casa...
senza cercare...
ho trovato un puttanone...

Sulla strada
davanti a te
butterò petali di rosa,
butterò garofani,
lancerò ciclamini.
Scivolerai prima o poi!!

Perché aspettare domani per un bacio?
Perché aspettare domani per una carezza?
Perché aspettare domani per un sorriso?
Oggi pago, oggi trombo!!

Amico,
tu che vai sempre coi piedi di piombo,
tu che hai la testa di marmo,
tu che hai il cuore di pietra,
tu che hai le mani d'acciaio,
ma proprio il cazzo di gomma dovevi avere?

Chi ti chiama di notte
per dirti che sei ancora bellissima?
Chi ti chiama
per sussurrarti parole sensuali?
Chi ti chiama
e ti fa arrossire le gote?
Cara, passami la cornetta che lo mando
affanculo!!

Agosto

Ore 5,00: partiamo.
Ore 5,10: siamo bloccati.
Ore 5,20: il traffico non si muove…
Hai visto, cara, quanti milioni di persone
intelligenti
ci sono in giro stamattina?

Estate

Siamo qui su questo scoglio,
lontani dal traffico,
lontani dal caos,
lontani dallo smog…
Non ci resta che aspettare i soccorsi!

Guardo nostro figlio
e penso che devo ancora portare pazienza
con te.
Guardo nostro figlio
e penso che ti devo perdonare ancora una
volta.
Guardo nostro figlio
e penso che...
non mi assomiglia per un cazzo!

Il nostro amore sbocciò coi gelsomini
in quella trattoria sul fiume.
All'antipasto sentii una fitta al cuore,
portarono il primo e un nodo mi strinse la gola.
Al secondo mi invase un senso di vertigine.
Ricordo che chiusi gli occhi e pensai:
"Ma dove cazzo mi hai portato a mangiare?"

I tuoi vestiti buttati sul divano…
Il reggiseno sull'abat-jour...
Le mutandine tra i giornali…
La tavola ancora imbandita
con una coppa di champagne
rovesciata su una sedia…
E tu sei lì,
nuda
sul letto
mi guardi
e io ho già capito…
Vaffanculo,
anche stasera tocca a me rimettere tutto in ordine!!

L'abbiamo caricato nel portabagagli,
ci siamo fermati in autostrada,
subdolamente l'abbiamo fatto scendere…
Un lungo ululato mentre ripartiamo…
Cara, da quando il nonno ha imparato ad
abbaiare?

Ti amo: due parole.
Ti cerco: due parole.
Ti voglio: due parole.
La nostra storia: due coglioni!

Natale 2

Chiese il piccino:
«Papà, cos'è l'oro?»
«L'oro è il metallo più prezioso.»
«Papà, cos'è l'incenso?»
«L'incenso è un profumo sacro.»
«Papà, cos'è la mirra?»
«Figliolo, guarda!, ci sono i Pokemon in TV!!»

Ti sposerò perché sei la rugiada della mia
esistenza.
Ti sposerò perché dai un senso alla mia
inquietudine.
Ti sposerò perché sei la luce delle mie notti…
Quante palle!
La verità è che ho finito i soldi per andare a
puttane!

Che progressione esplosiva!
Prima.
Seconda.
Terza.
Quarta.
Quinta…
Quanto cazzo hai speso in silicone?

Natale 3

Il piccolo Gesù
si alzò dalla mangiatoia
e, vedendo tutte
quelle pecore, disse:
«Tanto non dormo.»

Tu che porti la luce nelle tenebre,
tu che porti la luce nel buio,
tu che illumini la notte,
hai capito perché quando vai al cinema rompi
i coglioni?

Tu oggi del mio domani,
tu domani del mio ieri,
tu ieri del mio oggi
e dopodomani del mio altroieri...
Ma quando cazzo ti ho conosciuta?

Tu che giochi di testa,
tu che ami di testa,
tu che agisci di testa,
hai tirato una moneta...
Oh cazzo! È venuta croce!

Erano anni che non ti vedevo,
hai fatto davvero un bel cambiamento:
le labbra carnose,
i capelli lunghi e biondi,
gli occhi grandi e profondi,
il seno grosso...
Hai fatto davvero un bel cambiamento…
Giovanni!

NATALE 4

Ho seguito la stella cometa
attraverso valli e deserti...
perché il mio cuore mi diceva così...
Ho seguito la stella cometa
perché cercavo di capire...
E adesso, su Marte, da solo
che cazzo faccio?

SE TUA MOGLIE DICE:
"FACCIAMOLO ANCORA!"
MA IN QUEL MOMENTO TU STAI RIENTRANDO A CASA...

Se tuo figlio corre in macchina e per farlo ha tolto i sedili...

Se lei ti chiama «otto millimetri» e non è perché hai la telecamera...

Se tua moglie dice: «Facciamolo ancora», ma in quel momento tu stai rientrando a casa...

Se ti chiamano il «tiratardi», ma è solo perché sniffi dopo la mezzanotte...

Se ti piace il gioco pesante e ti hanno regalato il Lego di piombo...

Se hai una chiara visione del sesso, ma è soltanto una visione...

Se il lupo perde il pelo e l'ape fa la ceretta...

SE SEI SOLO IN UNA STANZA,
...CONTI I COGLIONI E
SONO TRE...

Se il gatto non c'è e i topi ballano, ma il gatto è in console...

Se hai mangiato la foglia e adesso non sai più che cazzo fumare...

Se il primo amore non si scorda mai, ma ti sfugge il nome di quella puttana...

SE TI SUCCEDE TUTTO QUESTO, AMICO MIO, RICORDA: LA FORTUNA BISOGNA COGLIERLA AL VOLO, MA LA SFIGA TI COLPISCE ANCHE DA FERMO!

Se decidi di drogarti perché in compagnia si sono fatti in quattro...

Se lei ha acceso qualcosa in te, ma poi ti accorgi che è un petardo...

Se sei solo in una stanza, conti i coglioni e scopri che sono tre...

Se sei talmente a terra che alla mattina ti radi al suolo...

Se sei un avvocato e scommetti sui cavilli...

Se sei solo con te stesso, e c'è già qualcuno che rompe le palle...

Se pensi di farti prete, ma cambi idea quando il prete cerca di farsi te...

Se decidi di dare il meglio di te e tutti ti guardano il culo...

Se ogni volta che fate l'amore sul tavolo gli invitati scappano...

Se ti butti da tremila metri e il paracadute si apre, ma ti scivola dalla schiena...

Se pensi di conquistare l'Everest e invece hai conquistato lo yeti...

Se lei ti dice: «Dài, vieni... ancora, dài, dài... piano, sì così, così, dài, vieni...», ma tu non riesci a parcheggiare...

Se i tuoi amici hanno tagliato la corda ma tu non eri ancora arrivato in vetta...

Se lei ti dice: «Sono vergine», ma ha dei precedenti penali...

SE LA VITA TI RISERVA TUTTO QUESTO, AMICO MIO, RICORDA CHE TUTTI GLI UOMINI SONO UGUALI DAVANTI A DIO, MA APPENA LUI SI VOLTA SONO CAZZI TUOI!

Se vuoi andare controcorrente, ma ti è difficile entrare nella presa...

Se per farti una posizione hai applicato il Kamasutra...

Se sei così insignificante che non hai nemmeno voce in paragrafo...

Se gli unici che ti cagano sono i piccioni...

Se punti sui cavalli, ma poi spari...

Se la tua donna ha uno sguardo impenetrabile, ma è solo lo sguardo che è così...

Se sei contento come una Pasqua, ma è Natale...

Se ti senti di troppo, ma non hai nessuno a cui dirlo...

Se sei più veloce della luce, ma fai solo turni di notte...

Se aspetti il diretto, ma sei sul ring...

Se hai una donna per amico, ma hai un amico per donna...

Se guardi tutti dall'alto in basso, ma è solo perché ti stai suicidando...

Se l'occasione fa l'uomo ladro, ma ci sono solo macchine nuove...

Se sei talmente ingrassato che oltre alle maniglie dell'amore hai anche quelle dell'odio...

Se ti dicono: «Di' due parole in croce» e tu rispondi «Gesù Cristo»...

Se hai avuto un orgasmo perfetto, ma è stato fin troppo da manuale...

SE LA VITA TI RISERVA TUTTO QUESTO, AMICO MIO, RICORDA: NON TUTTE LE CIAMBELLE RIESCONO COL BUCO, MA SE VEDI UN BUCO, NON È DETTO CHE CI SIA ATTORNO UNA CIAMBELLA!

Se sei un uomo con la testa sulle spalle e i piedi per terra, ma sono le uniche parti al posto giusto...

Se vuoi conoscere te stesso, ma non c'è nessuno che ti presenta...

Se hai spezzato una lancia, ma hai solo chiuso una portiera...

Se credi in Dio, ma Dio non crede in te...

Se ti dicono: «Metta giù due righe», ma poi aggiungono «Lei è in arresto...».

Se ti senti un dio in un mondo di atei...

Se lei ti accetta, ma prima prende la rincorsa...

Se ami te stesso, ma non sei contraccambiato...

Se per smettere di fumare hai comprato le Stop...

Se ti viene l'acquolina in bocca, ma è solo perché sei sul *Titanic*...

Se lei te la dà, ma all'anagrafe si chiama Ugo...

SE TU CREDI IN DIO...
MA DIO NON CREDE IN TE...

Se pensi che il Rimmel sia la vilpe del deserto...

Se lei è la donna dei tuoi sogni, ma scompare ogni volta che ti svegli...

Se ti mettono una pulce in un orecchio, ma lei è ancora attaccata al cane...

Se sei un uomo retto perché sei sempre a novanta gradi...

Se la vita ti riserva tutto questo, amico mio, ricorda: la vita è un sogno, perciò svegliati! Pirla!

Aforismi, epigrammi e altre cazzatine

NON SI VIVE DI SOLO AMORE!!!
... PERÓ CAZZO, OGNI TANTO
FACCIAMOLO!

L'amore è un attimo... lo so, ti ho abituata così.

Se la vita è un passaggio, la morte è un tiro in porta? Infatti tu puoi fare tante buone azioni, ma è sempre la vita che ti segna.

Mi trovai di fronte uno dei più grandi scacchisti di tutti i tempi: era alto due metri e venti.

Per fare leva sul mio orgoglio scelse le mie palle come punto d'appoggio...

Non si vive di solo amore, però, cazzo!, ogni tanto facciamolo!

Insieme a te sto bene, da solo sto molto meglio.

Amore, tu non hai una brutta faccia, hai un bel grugno!

AVEVA UNA SOLA DIFESA: LA SUA INTELLIGENZA...
...SI SENTÍ ALLO SCOPERTO!

L'unica topa che ha visto è stata Minnie.

«La solitudine? Cos'è?» chiese Adamo.

Le frontiere della scienza: non sono riusciti a fermare quelli che sezionavano i cadaveri, figuriamoci se riescono a fermare quelli che sezionano i cromosomi!

Non dico che ci metterei la firma... anche perché non so scrivere...

La vita è maestra di storia.

Aveva una sola difesa: la sua intelligenza... si sentì allo scoperto.

Il sesso è fonte di problemi, soprattutto se non eserciti.

Accetto il sonno come compromesso per vivere almeno metà della mia vita.

Il silenzio è il rumore che preferisco.

Se ogni persona ha la sua strada da percorrere, perché succedono così tanti incidenti?

Una donna non si picchia neanche con un fiore, meglio un ramo.

LA FELICITÁ DURA UN ATTIMO...
GLI HERPES ANCHE UNA SETTIMANA!

Chi è il pirla che mette le uova nel paniere?

A molti uomini la figa ha dato al cervello, ma a molte donne il cervello ha dato alla figa.

Tra un vivaio, che è un gruppo di persone vive, e un mortaio, che è un gruppo di persone morte, è molto meglio un cucchiaio, che è un gruppo di persone che cuccano.

Ho cominciato a drogarmi frequentando la donna cannone.

Chi dice donna non è muto.

Non fare domani agli altri ciò che potresti fare oggi per te.

Cosa fai quando il tuo migliore amico è a letto con la tua migliore moglie?

Il mondo non si è fermato mai un momento, però Jimmy Fontana si poteva bloccare.

Dobbiamo stare a galla, conviene essere stronzi.

Uno che va a caccia di guai... che cane usa?

Dobbiamo
stare a galla,
conviene
essere
STRONZI!

L'amore è cieco, ecco perché conviene avere un cane.

Spirare in un futuro migliore.

Siamo tutti sulla stessa barca, ecco perché va a fondo.

Anche l'occhio vuole la sua parte, ma non solo l'occhio.

La vita è poesia, vi invito a rispondere per le rime.

Parlano talmente poco che i vicini protestano per il silenzio.

Rimedio contro i topi d'appartamento: i gatti da palazzo.

Il ladro gentiluomo è entrato in banca e ha fatto colpo.

Come vedo una zona erogena la tocco subito, anche se è mia.

La gattabuia ha fatto i gattini ciechi?

Lo sapete che sono vent'anni che non compro un disco? Li rubo.

COME VEDO UNA ZONA EROGENA, LA TOCCO SUBITO...
ANCHE SE È MIA!

Come diceva il mio amico falsario: «Quello che conta è fare i soldi».

Vederti sempre lì mi addolora e penso: "Possibile che non hai mai un cazzo da fare?".

Ricordo la prima cosa che ho fatto appena me la sono trovata davanti: ho frenato.

A letto era una feria.

Quella sera volevo andare a letto presto, ma arrivò Paola. "Benissimo" pensai "andrò a letto prima."

Baciava con gli occhi chiusi. Niente di male, il problema è che russava.

«Lo senti?» «No.» «Strano, e sì che ce l'hai contro l'orecchio...»

Cuori di testa

Romanzo breve ma intenso

Un bell'ambientino

Vivo da sempre in un rione malfamato, un quartiere semplice fatto di gente semplice, troppo impegnata a sopravvivere per perdersi dietro alle cose evanescenti dell'esistenza. Di questo ambiente ho assimilato il pragmatismo e la solidarietà, da questa gente ho imparato a tenere i piedi per terra e a guardare in faccia la realtà, senza paura e senza remore.

Sembra banale, ma ogni volta che mi sono trovato al limite dei miei pensieri, un buon caffè e due chiacchiere qui Da Giulio si sono rivelati il migliore toccasana. Sembra quasi che questo pub sia stato creato apposta per poter «toccare» il vero senso delle cose, una sorta di prova della verità per tutto ciò che ha la presunzione di porsi come assillo della vita.

Stasera non avevo voglia di tornare a casa, non mi andava di fare la figura del Lassie. Per questo me ne sto qui, seduto in questo bar, solo, a pensare.

Al giorno d'oggi non bisogna farsi troppi problemi, ce ne sono già tanti. Come uomo sto al passo coi tempi, come ballerino sto al tempo coi passi.

Oggi sono un uomo soddisfatto, ho realizzato quasi tutti i sogni della mia vita senza rinunciare a viverla. Resta ancora qualcosa da fare, ma ciò è un bene. I sogni e i desideri sono la spinta che ci fa andare avanti. Un'esistenza priva di questi slanci non è altro che vuoto.

Ma le cose non sono sempre andate così.

Per anni ho preso ciò che passava il convento: mi vestivo col saio. Ho fatto anche il panettiere, mi licenziarono perché infornavo la moglie del titolare.

Adoro frequentare questo postaccio: il classico locale frequentato da delinquenti, quindi un luogo sicuro. Questo posto mi ha tenuto ancorato alla realtà e mi ha impedito di volare troppo alto, ha impedito che in me si insediasse un qualsivoglia principio di delirio d'onnipotenza.

Gli individui che frequentano questo posto sono come cani e gatti: pelosi.

Casualmente oggi sono al verde, e in questo giorno grigio sono andato in bianco.

Eh sì, non sono riuscito neanche a farmi Samanta. Samanta, detta «Samanta che sempre te lo agguanta». Era lì, appoggiata al bancone del bar, poi non l'ho vista più. Era scivolata a terra svenuta, ubriaca, le hanno dato i sali, si è svegliata e ha chiesto le tequile.

Brutto vizio l'alcol.

Samanta, detta anche la «tritacarne» per quel suo modo caratteristico di manipolare il pene... con lei ho ritrovato la gioia di vivere, pensa un po' come ero conciato!

Be', anche uno che lavora in nero come me ogni tanto va in bianco e il bianco piange; certo che se il bianco piange, il negro che cazzo deve fare?

Stasera hanno suonato Jazz fino a tarda notte, non avevo mai visto Gianfranco Jazz ridotto così male.

Giulio mi riserva sempre delle sorprese, ma questa sera non mi aveva riservato neanche il tavolo.

Comunque in questo pub basta avere pazienza e un posto lo si trova sempre.

Purtroppo stasera Giulio è come il suo locale: pieno. Che personaggio! Un uomo passato direttamente dal banco della scuola al bancone del bar, passando da scolaro a scola-rum. Non vuole rogne nel suo locale, ma Rogne entra lo stesso.

Lui è uno corretto, ma stasera è corretto grappa... eh sì, è corretto, lui non ti pugnala mai alle spalle, ti spara direttamente in mezzo agli occhi.

Ricordo che una sera entrò la polizia chiedendo spiegazioni. Lui indicò un gruppo di balordi e disse: «I fatti sono questi». Fu la retata.

Quella fu una sera particolare: c'era agitazione. Avevano appena sparato al Mario. Era stato Vladimir, detto il «cecchino ceko» sia per le sue origini sia perché non ci vedeva un cazzo...

A farne le spese fu il polpaccio di una signora che passeggiava sul marciapiede opposto... be', chiamarla signora forse è un po' esagerato.

Mario, eccolo lì uno dei più assidui frequentatori del pub. Una notte di tanti anni fa aveva svaligiato il calzolaio perché voleva tenere il piede in più scarpe, cosa difficile quando hai la polizia alle calcagna. Lui è come un bambino, lo deduci considerando altezza e cervello.

Ricordo quella volta che lo vidi parlare col boss del rione. Gli disse: «Questa città è troppo piccola per noi due... perciò me ne vado fuori dai coglioni!».

È sempre stato un pirla.

L'unico colpo che gli è riuscito è stato il colpo di frusta.

Dice di essere in grado di aprire qualsiasi tipo di serratura ma più volte l'hanno visto dormire sullo zerbino di casa perché la moglie l'aveva chiuso fuori. È sempre stato in realtà un cagasotto. Si narra che una volta mentre stava rubando suonò l'allarme e lui fuggì gridando: «Al ladro!».

E che dire del Paolino? L'hanno sempre preso per il culo. Quando lavorava al porto lo chiamavano «Scaricabarile», quando faceva il gigolò lo chiamavano «Tappabuchi». È un ficoinomane.

Mi dispiace per Paolino, è una persona curiosa e positiva. Vive la vita con serenità, scherza sempre, quando lo mettono in gattabuia miagola, ed è un grande improvvisatore: anche in galera è sempre andato a braccio.

A Carnevale cercava qualcuno per scambiare quattro chiacchiere.

È radioso. Lui è come il sole: giallo.

È ingenuo, pensa che la coca faccia digerire.

Una sera facevamo il solito poker, lui si è incazzato col cuoco perché gli avevano servito un Full e a lui la carne di cane non è mai piaciuta.

Guardo questo animalario con simpatia e rispetto. È gente che tira a campare, o meglio, che «tira a Campari». Li guardo e sorrido con amore: quante vite si intrecciano qui!

Un ragazzo si avvicina al mio tavolo, vuole conoscermi e desidera un autografo.

Mi parla e – come tutti – mi chiede perché ho il viso sempre cupo.

Sorrido.

È sempre la solita storia, non è colpa mia se la natura mi ha fornito di lineamenti duri e se la vita mi ha costruito uno sguardo tagliente.

Mi dice: «Bella la vita di voi comici, sempre in giro a sparare cazzate».

Il primo istinto è di mandarlo a dare via il culo, poi ci ripenso e gli dico: «Che cazzo ne sai tu della mia vita? Sei esattamente come tutte le persone di questo posto, loro mi considerano fortunato, loro non sanno quello che ho vissuto, quello che ho provato, loro non sanno che ho vissuto una storia terribile, una di quelle storie che non ci credi nemmeno se le vivi».

Mi guarda affascinato, non se l'aspettava.

«Adesso apri bene le orecchie, perché quello che stai per ascoltare non è stato mai raccontato a nessuno.»

L'incontro

«La storia inizia qualche anno fa, stava arrivando l'estate, era il mese di giugno...

«Quel giorno tutto mi appariva storto, ma la sensazione svanì quando smisi di fare la verticale.

«Il berretto mi assillava, non riuscivo a togliermelo dalla testa.

«Entrai in banca per un fido, uscii con un bobby.

«Non ho mai avuto fortuna con le donne, hanno sempre cercato di fottermi, ma la fortuna venne dalla mia parte proprio mentre avevo deciso di spostarmi.

«Lei piombò nella mia vita in una frazione di secondo, veniva da sinistra; caratterialmente non rispettava nessuno, figuriamoci gli stop!

«Pensai: 'Che schianto!'.

«Frenai schiacciando la frizione. Non fu difficile rompere il flaconcino.

«È incredibile come un secondo può cambiare la tua vita, anche se la vita cambia soprattutto per i primi...

«In quel momento avrei voluto essere altrove, ma altrove avrebbe voluto essere me?

«Avevo bisogno di riflettere, così comprai uno specchietto.

«Mi ritrovai circondato da allodole.

«Non sapevo che pesci pigliare.

«Lei era una bella gnocca, mi apprestai a fare la constatazione ammicchevole.

«Poi – come è giusto che sia – sparì dalla mia vita.

«Qualche mese dopo, un mezzogiorno invernale, entrai da Giulio per mangiare qualcosa e la ritrovai.

«La invitai al tavolo.

«Feci subito un figurone perché vestivo come un figurino.

«Mi piace fare il cavaliere quando incontro una cavalla del genere.

«Era una donna di classe; faceva l'insegnante.

«Le dissi: "La classe non è acqua!".

«E lei: "È bene che la classe non sia acqua altrimenti solo gli alunni stronzi emergerebbero".

«Era un'agronoma, mi parlava di nitrati ma io avrei voluto sentire i suoi nitriti.

«In realtà stava solo bluffando.

«Lo capii quando le chiesi: "Cosa ne pensi di Leopardi?".

«E lei rispose: "Secondo me sono animali fantastici".

«Era ignorante come un bue, ma siccome eravamo sotto Natale (e a Natale si diventa più buoni, non più intelligenti) per metterla a suo agio finsi di essere un asinello.

«Se c'è una cosa che detesto è quando una persona finge di essere quello che non è.

«Si chiamava Ester e aveva trentasette anni.

«Un passato da hostess alle spalle: una donna coi piedi per terra e non è il massimo per una hostess!

«Nel suo curriculum poche note: sette.

«Una volta gliele hanno anche suonate.

«Licenziata perché si faceva le piste.

«Aveva due occhi da vista e due orecchie da sole; la faccia: si estendeva uniformemente da un orecchio all'altro senza soluzione di continuità.

«Lo sguardo era attento, lei no: una "sguardina".

«Era una ragazza acqua e sapone, infatti mi stava sulle bolle, ma la verità è che le avrei messo volentieri il bastone tra le rotule.

«Lei aveva tanta voglia di fare, io avevo tanta voglia di farmela.

«Aveva lavorato anche in una discoteca frequentata da gente triste, era il dancing Balla coi cupi.

«Faceva la ragazza cubo, ma era complicata: era una ragazza cubo di Rubik.

ESTER

«Il giorno dopo la invitai nel mio monolocale. Si presentò da me, puntuale, alle 20,00. Io l'aspettavo sotto il lenzuolo: mi è sempre piaciuto fare il fantasma.

«Le dissi: "Ti attendevo con ansia".

«E lei: "Ah! Siamo in tre?".

«Non mi ero sbagliato circa la sua intelligenza.

«Iniziammo a parlare. Certo può sembrare strano ragionare sul sesso per ore quando sarebbe meglio utilizzare lo stesso periodo di tempo per farlo. Decisi comunque di giocare la partita fino in fondo.

«Le dissi: "Per me scopare è il passatempo più sano ed economico dopo la 'Settimana Enigmistica'. L'intimità è importantissima, infatti ultimamente lo faccio da solo perché una donna nel letto mi infastidisce".

«Rise di gusto, avevo centrato la battuta.

«Mi disse: "Ma tu stai sempre così sul chi va là?".

«Le risposi: "Io sto sul chi va là perché così mi sposto senza fare fatica".

«Si irrigidì e mi guardò con espressione attonita.

«La battuta era troppo alta, ero andato oltre il suo limite di comprensione.

«Glissai: "A volte mi chiedo come ho fatto a non accorgermi prima di te, e sì che sarà un quarto d'ora che mi stai schiacciando un piede".

«Riprese a sorridere. Ero riuscito abilmente a rientrare nel campo della sua idiozia.

«Smisi di buttarla sul ridere e la buttai sul divano.

«Iniziò una gara di seduzione, eravamo arrivati ai preliminari e già rischiavo l'eliminazione.

«Lei strinse il cuscino, lasciandomi i segni delle unghie sui fianchi.

«Mi disse: "Io ho una sola zona erogena: la pelle".

«Che manza! Una donna tutta curve, ci avrei fatto un gran premio: il gran premio di manza!

«Mi presentai nudo da lei e le dissi: "Vista la hasta?".

«Quella sera l'erezione durò tantissimo, ma quando fai l'amore il tempo, e non solo quello, si dilata. Fatto sta che quei tre minuti sembravano non finire mai.

«Fu una notte di fuoco, per fortuna c'era la pompiera.

«Poi se ne andò lasciandomi stordito e pensieroso: stavo insolitamente bene.

«Mi sentivo sollevato e in realtà era così: il tempo dimostrò che ero appeso a un filo.

«Passarono i mesi.

«Mi accorsi che, col trascorrere del tempo, mentre cresceva il mio amore per lei, in ugual misura calava il suo rispetto umano nei miei confronti.

«Le due grandezze risultavano essere inversamente proporzionali, ma la cosa più sconvolgente era che la costante del rapporto non si manteneva per niente costante, anzi! cresceva giorno dopo giorno con una logica esponenziale. Forse un grafico sarebbe risultato utile per una migliore analisi del problema ma a quel tempo il problema in sé, più che capirlo, lo intuivo.

«Infatti ero assillato da un'altra questione: come far comprendere il ragionamento appena fatto a un'imbecille di quel genere?

«Era così stronza che quando andava al cesso faceva rivivere il mito dell'Araba Fenice.

«Faceva il diavolo a quattro. Io la preferivo in doppio uni.

«Mi ricordo che aveva sempre una parola per me: Vaffanculo!

«Poi all'improvviso diventava dolcissima, uno zuccherino tutto pepe con poco sale in zucca.

«Più che una donna era un corso di gastronomia.

«Però l'amavo.

«Con lei ho fatto molti sforzi. Era un rapporto sforzesco.

«A volte le nostre mani si cercavano timorosamente, soprattutto quando andava via la luce; a volte, invece, la prendevo con filosofia: la scopavo leggendo Kant.

«Anche lei diceva di amarmi, mi mandava messaggi d'amore diventando sempre più indecifrabile: era tutto e il contrario di tutto.

«Poi a un tratto, da un giorno all'altro, inspiegabilmente se ne andò.

«Rimasi con un palmo di naso, e questa è chiaramente una metafora.

«Per anni ho sofferto tantissimo, ma quella storia mi ha insegnato molte cose.

«Ho capito che l'amore è come la torta: se esageri con lo zucchero viene male; ho capito che non bisogna mai rinunciare a essere se stessi, mai venire meno ai propri principi; e ho imparato che una storia che finisce può far male, ma una storia che fa male è meglio che finisca.»

Il grande vuoto

«Negli anni successivi a quella delusione cercai di cancellare Ester dalla mia mente. Per molto tempo ho avuto solo casini, poi li hanno chiusi.

«Cominciai a frequentare cagne e porche.

«Amare è donare, il regalo però non è mai una sorpresa.

«Il problema più grosso, dopo un'esperienza come quella è riuscire a fidarsi delle persone che incontri.

«Ogni volta che mi trovavo davanti una femmina, oltre a valutarne l'aspetto e la simpatia, le facevo la radiografia del cervello, il dramma è che a volte non lo trovavo.

«D'altronde, me l'ero ripromesso: niente più concessioni a princìpi diversi dai miei; ma non era una cattiveria, erano soltanto paura e istinto di conservazione.

«La parola d'ordine era: alla prima contraddizione troncare il rapporto.

«D'altronde, non era nemmeno giusto far pagare ad altre le colpe di una persona sbagliata.

«Il mio primo istinto fu quello di metterle in guardia, nel nome di un rispetto umano superiore alle storie d'amore medesime cercavo di proteggere il cuore delle "malcapitate" da sconquassi possibili ed eventuali.

«Per me è una legge naturale, l'amore verso il prossimo è una cosa importante, ma non è più importante dell'amore verso se stessi. "Ama il prossimo tuo come te stesso" cioè non meno di te stesso ma neanche di più.

«Sia l'egoismo che l'eccessivo altruismo (a scapito di noi stessi) sono forme aberranti di relazione umana.

«Non è stato facile proteggere le persone che ho incontrato, credo di avere seminato dolore, anche se non volontariamente né con cattiveria, ma quando sei reduce da un'esperienza come la mia, le prime persone che incontri diventano quello che probabilmente sono stato io per Ester: carne da macello.»

Susanna e Claudia

«Iniziai timidamente con Susanna.

«Le offrii una sigaretta di circostanza, quelle di tabacco le avevo finite.

«Non riuscivo a darle un'età così non gliela diedi e pensai: la terrò per un'altra occasione.

«Volevo coprirla di baci, volevo coprirla d'affetto, volevo coprirla di carezze... insomma, non importa con cosa: volevo coprirla.

«Le dissi: "Voglio amarti così", e le ho fatto vedere tutte le posizioni del Kamasutra.

«Aveva le calze a rete e non vi dico cosa ha preso! Mi infilai sotto le coperte e non fu l'unica cosa che infilai.

«Le comprai le scarpe di un pittore, erano scarpe di tela: le andavano a pennello.

«Provo nostalgia per lei come un camoscio per il mare.

«Poi ci fu Claudia, una persona terrificante.

«Quando incontri una faccia di merda te ne accorgi subito, perché ha la mosca al naso.

«Per lei non provai nessuna pietà.

«Mi diceva sempre: "Tu sei come la pubblicità, arrivi sempre sul più bello", non era vero ma per me fu un duro colpo.

«Comunque mi ripresi immediatamente, non andavo veloce e se potessi tornare indietro mi rifarei avanti.

«Con lei avrei fatto volentieri i numeri... i numeri di telefono della sua amica. Mi sarebbe piaciuto scrivere una canzone su di lei ma, cazzo!, non stava mai ferma! Era talmente piccola che non si abbassava mai, era già lì.»

Daria

«Dopo Claudia fu la volta di Daria.

«Da quando Daria se n'è andata questa casa non è più la stessa: è migliorata un casino!

«Adesso sta con un cinese: ha sempre avuto la passione per i gialli.

«Con lei feci quello che fa la sarta quando misura la circonferenza di una cicciona: "Presi il giro alla larga". Giocavamo a ping pong e lei mi tirava la pallina: un male della madonna!

«Andai giù di corda o giù di lì.

«Devo dire che un po' mi manca, come del resto manca a tutti quelli della mia compagnia.

«Ha lasciato un segno in tutti noi, anche se non a tutti nello stesso punto. Era una garanzia per tutti, una garanzia che è arrivata senza avviso: una sorta di nostro fiore all'uccello.

«L'abbiamo mandata affanculo tutti insieme, all'unisono. Un vaffanculo corale degno dei migliori gruppi gospel.

«Lei disse: "Chi non mi vuole non mi merita", personalmente non vorrei essere nei panni di una persona ritenuta degna di meritarla.

«Cercai comunque di consolarla. Le dissi "Se ti serve una spalla per piangere vai dal salumiere sotto casa mia che la vende cara e salata".

«In tutto questo caos solo una nota positiva: un angelo dolcissimo e dalla pazienza infinita, una donna che mi ha fatto comprendere il valore dell'amicizia e dei sentimenti veri.

«La verità: ecco cosa ho iniziato a pretendere dalle donne, ecco la cosa più importante di qualsiasi storia d'amore.

«Le relazioni d'amore possono essere di svariati tipi, non ha importanza quanto durano, ti può dare di più una notte vera, dove sai cosa hai vissuto, che una relazione lunga una vita che non decifri e che riesce solo a inaridirti.

«Dopo Ester chiunque avesse avuto bisogno di qualcosa non doveva fare altro che chiedere, non avrei mai negato il mio silenzio.

«Chiedere non costa nulla, figuratevi non rispondere!»

Morena

«Morena era una grande gnocca, infatti le piaceva il Granbiscotto.

«Era un'animalista convinta, temevo di piacerle proprio per questo motivo.

«Le dissi: "Anch'io sono per il WWF".

«Solo che per me la sigla significa VIVA VIVA... e il resto non è difficile da immaginare.

«Era contraria al capitalismo e mi chiedeva una barca di soldi per sostenere questa idea.

«Praticava il Buddhismo.

«Entrai in casa sua, lei stava meditando.

«Mi misi a meditare anch'io, meditai d'andare fuori dai rangojon.

«Appena finita la meditazione girò lo sguardo verso di me e disse: "Batuffolo!".

«Se c'è una cosa che mi fa incazzare è essere chiamato Batuffolo.

«E lei: "Batuffolo!".

«Stavo per andare su tutte le furie quando

MORENA
OLIVIERO

vidi Oliviero, il suo cagnolino, andare verso di lei scodinzolando...

«E lei: "Ciao, Batuffolo!"... lo baciò sul naso.

«Poi venne da me e porse le labbra.

«Lo sganassone che le rifilai fu memorabile.

«Lei fece tre giri su se stessa e le comparve in sogno il Buddha vestito da boy-scout mentre saliva la montagna in compagnia di Maometto per andare a trovare Gesù crocifisso...

«Da allora la mistica non mastica.

«Cominciò a urlare spaventata: "Sei un violento!".

«Violento? Io?

«In vita mia non ho mai messo le mani addosso a nessuno, se non per difendermi; e poi che cos'è la violenza? Ci può essere molta più violenza in un atteggiamento o in una frase che in uno schiaffo.

«I miei atteggiamenti "violenti" sono sempre frutto di incazzature momentanee, normalmente sono un tipo tranquillo.

«Tuttavia, se c'è una cosa che mi fa arrabbiare è la stupidità ecco, sì, quando entro in contatto con un idiota rischio di diventare aggressivo (violento mai), però ho imparato a controllare e a incanalare la violenza verso altri sfoghi, una sorta di sublimazione naturale.

«Con la violenza bisogna fare i conti: la violenza è nascosta e dorme dentro ogni essere umano, nessuno escluso.»

Angela

«Una sera uscii con Angela, ci aspettava una cena a lume di candela, infatti avevano sospeso per quattro ore l'erogazione dell'energia elettrica.

«Ci sedemmo al tavolo e arrivò immediatamente un violinista per accompagnare la nostra cena. Gli diedi subito una moneta per togliermelo dai coglioni.

«Arrivò il cameriere, e mentre lei ordinava io le facevo il piedino.

«Lei non si scomponeva, in compenso il cameriere cominciò a guardarmi e a farmi sorrisi compiaciuti.

«Capii d'aver sbagliato piede...

«Il cameriere si allontanò sculettando e salutandomi con la manina...

«Non ci feci caso...

«Per far colpo su di lei cominciai a parlare di cose che non capiva... a tale proposito non fu difficile trovare argomenti, bastava escludere il sesso.

«Lei mi disse: "Che cosa mi racconti?".

«Cominciai: "C'era una volta una ragazza di nome Biancaneve...".

«A quel punto lei arrossì, non per timidezza ma perché si stava ingozzando con un grissino...

«Mi alzai e cominciai a darle furibonde pacche sulla schiena... intervenne anche il maître pensando a una rissa...

«Lei smise di tossire ma cominciò ad avvertire forti dolori intercostali...

«Telefonai al pronto soccorso... tempo due minuti arrivò una camionetta dell'ACI... avevo sbagliato numero!

«Non mi feci prendere dal panico, il cameriere si offrì di aiutarci, io lo mandai affanculo, lui ringraziando si congedò, presi il gancio del carro attrezzi, lo attaccai alla sua collana e ci trasferimmo al più vicino ospedale.

«Le lastre esclusero fratture, così per sicurezza le rifilai un paio di cazzotti all'altezza del fegato.

«Poi l'accompagnai a casa e giunti che fummo nel suo soggiorno la invitai a sdraiarsi sul sofà, la guardai negli occhi e le accarezzai le labbra con la mano, lei cominciò a succhiarmi il medio e a poco a poco... si addormentò.

«Era una donna molto calda, aveva trentotto di febbre...

ANGELA

«Aveva tutto ciò che un uomo può desiderare; liquori e TV satellitare.

«Lei si mise a parlare a vanvera, ma vanvera non l'ascoltava.

«Uscimmo sul balcone per vedere le stelle, siccome non ce n'erano le diedi un pugno nel fianco per ovviare la mancanza...

«Angela: una storia finita prima di cominciare.

«E quante storie come questa! Quante altre ancora!

«Tutto per colpa della paura, tutto per colpa della falsità, tutto per colpa di quelle persone che non accettano la nostra condizione umana, una condizione nella quale devi fare i conti con gli errori tuoi e degli altri, una condizione che deve assolutamente comprendere il perdono e la considerazione del diverso, una condizione non univoca né matematica, una condizione che prevede molti modi, ugualmente validi, per affrontare la vita, perché le persone sono diverse, perché la vita ti costringe a correggere il tuo pensiero e a cambiarlo continuamente, per adeguarlo alla realtà che muta.

«Nella vita si può anche sbagliare, l'esperienza altro non è che l'insieme degli errori e delle fortune che ti capitano. Fare tesoro delle fortune e trarre insegnamento dagli errori è la cosa più intelligente che una persona possa fare.

«Mai condannare definitivamente qualcosa

o qualcuno… come dicevano i latini: *Errare humanum est, perseverare diabolicum*… io ho imparato a guardare con sospetto ai censori e ai puritani, ho imparato a diffidare delle persone tutte d'un pezzo perché generalmente sotto quella patina di presunta caparbietà si nascondono anime deboli e spaesate che si rifugiano nel loro rigido moralismo dal momento che senza quell'appiglio sarebbero allo sbando.

«Ma più ti aggrappi all'appiglio, più ne devi sopportare le conseguenze logiche e coerenti.

«E allora ecco l'astio verso una vita che non è come la immagini, ecco la diffidenza verso tutto quello che appare insolito, ecco la tristezza per un mondo che non comprendi, ecco la sofferenza, perché le cose non vanno come tu vorresti.

«Non si può pretendere di conoscere le persone prima di averle frequentate. L'unica cosa che ti puoi aspettare è che di quella persona ci saranno cose che ti piaceranno e cose che non ti piaceranno; imparare a conoscere le persone e le cose evita la confusione. Dobbiamo imparare a ragionare in termini relativi e non in termini assoluti; dietro ogni gesto c'è un perché, dietro ogni parola detta o non detta può nascondersi un dubbio o una certezza, una paura o una titubanza, l'amore o la cattiveria.

«Le cose vanno come devono andare, ma non si parli di predestinazione o di destino incontrollabile, noi possiamo essere protagonisti nella scelta del nostro futuro, abbiamo solo un obbligo: la fedeltà a noi stessi e il rispetto di noi stessi.

«Chi non rispetta se stesso non può rispettare gli altri, chi non è padrone della propria vita non può trovare la serenità e nemmeno aiutare gli altri.»

Tutto fumo e niente agosto

«Arrivò puntuale anche il mese di agosto.

«Ero partito per le vacanze, in città non si muoveva una foglia (non c'erano alberi) e io decisi di recarmi sulla riviera romagnola.

«Erano le quattro del pomeriggio, avevo organizzato tutto: prima un libro poi una birra ghiacciata e quindi via a fare il bagno.

«Obiettivo: la congestione.

«Mentre leggevo il libro fui colpito da una palla, la stava raccontando quello dell'ombrellone di fianco.

«Poi un'altra palla colpì il libro. Pensai ai soliti bambini rompicoglioni, ma poi la vidi: un fisico da paura... restai come ipnotizzato dal movimento ondivago di quei seni... provai una sconfinata ammirazione per Dio. Pensa cosa ha tirato fuori da una costola!

«Noi con le costole riusciamo al massimo a fare la cassoela.

«Lei arrivò fin davanti a me. Io le chiesi:

«"Ma sei vera?"

«"No, sono Ester."

«Solo un'idiota poteva rispondere così. La mia mente non fu sfiorata dal tarlo del dubbio: era ancora lei nel massimo splendore della sua imbecillità.

«Raccolsi le tre palle e le porsi la sua.

«Non volevo farle capire che mi piaceva, ma potevo farlo solo fingendo di abbronzarmi la schiena.

«Queste cose non hanno influenze meteorologiche: lasciano il tempo che trovano.

«Tuttavia, incontrarla nuovamente riaprì le ferite che si stavano rimarginando, lei tenne nei miei confronti – ancora una volta! – un atteggiamento ambiguo e poco chiaro.

«Eppure quell'esperienza servì per aprire uno spiraglio nella comprensione dell'enigma, enigma che si sarebbe dissolto nel nulla pochi mesi dopo.

«È incredibile come ho potuto conoscerla meglio non frequentandola: l'idea che oggi ho di lei è la stessa che mi feci nei primi giorni della nostra vicenda, un'idea che in seguito abbandonai perché rapito dalla sua falsa sicurezza, dalle sue false parole d'amore, dai suoi falsi atteggiamenti.

«Oggi so con chi ho avuto a che fare: con una mantide religiosa.»

Ritorno al presente

Guardo il mio interlocutore, che è ancora lì incollato alla sedia.

«Questa è la storia di un percorso di vita terribile e duro. Ma ormai è acqua passata.

«Oggi non sono più così sperduto e spaesato, il travaglio della mia anima è finito.

«Non mi fido però della calma una volta ho fatto un sogno: mi trovavo nel mezzo di una folla terrorizzata e mi toglievo il cappotto con calma ed estrema tranquillità poi mi accorsi della presenza del velociraptor...

«I sogni, si dice che i sogni "muoiono all'alba"... io aspetto l'alba per cominciare a realizzarli.

«Per anni ho gridato la mia disperazione al vento ma c'era l'afa.

«Ho capito che la felicità dura un attimo, gli herpes anche una settimana.»

Il ragazzo sorride, poi mi saluta e se ne va.

È tardi e sono rimasto solo nel pub. Non è

difficile restare soli, basta ammazzare tutti gli altri.

Giulio sta già mettendo le sedie sopra i tavoli, segno inequivocabile che il locale sta chiudendo.

Devo uscire: «Ciao Giulio, vado a dormire! Buonanotte!».

Giulio biascica qualcosa con la bocca impastata... è andato completamente ma domani si sarà già ripreso. Ogni giorno nasciamo e moriamo, ogni giorno è una vita che ci viene concesso di vivere.

Tu, tu che leggi! La morte come la vivi?

Al tramonto provo sempre un brivido, sarà perché il sole è una palla infuocata? Arrivo a casa e non riesco a dormire. Mi faccio una doccia...

Che meraviglia l'acqua calda! Sotto lo scroscio il pensiero viaggia ancora un po' per i cazzi suoi.

"È passato tanto tempo ormai ma io sono ancora qui forse disilluso ma estremamente sereno, come quasi sempre lo sono stato nel corso della mia vita.

"Ester è ormai solo un lontano ricordo, è entrata a far parte della massa delle donne che ho conosciuto... una delle tante... Chissà che fine ha fatto? Non era una donna, era un enigma.

"Quella 'storia d'amore' che lei definì 'più

grande di noi' divenne nel tempo un confronto a distanza tra due stili e due modi di vivere profondamente diversi.

"In fondo io ho solo avuto la 'colpa' di amarla, ho seguito i dettami del mio cuore fino in fondo, accettando le gioie e i dolori di una decisione così forte.

"D'altronde, non è stata nemmeno una decisione, io non ho mai deciso niente, ha fatto tutto lei. Io ho solo subìto e ho cercato di sopravvivere.

"Ce l'ho fatta. Lei si sbilanciava sempre, fu un errore metterla sul piedestallo.

"Io non sono superstizioso, non credo alla magia: quando la chiromante aveva fatto le carte io avevo ori, settebello e primiera.

"Spero che si sia realizzato il desiderio che espressi nella notte di San Lorenzo di tanti anni fa… tra una miriade di stelle cadenti: 'Che lei sia felice, con me o senza di me'.

"Chissà se quelle stelle sono cadute inutilmente?

"Chissà se questa storia le è servita?

"Chissà se veramente ha capito con chi ha avuto a che fare?

"Io dal canto mio ho migliorato la mia vita, non già perché lei mi abbia insegnato qualcosa direttamente (anzi!) ma perché la vita ha voluto darmi una nuova lezione (come se non fossero bastate quelle subite fino ad allora) e soprattutto perché il mio riflettere sugli errori commessi, certamente da me e presumibilmente da lei, mi ha permesso di ritrovare me stesso.

"La mia positività ne è uscita vincente e rafforzata. Spero che anche lei abbia tratto insegnamenti utili per il prosieguo della sua esistenza."

Esco dalla doccia e mi metto l'accappatoio. La cosa che non sopporto delle docce è la porta di vetro, si ha sempre l'impressione di essere osservati.

La prossima volta la chiuderò.

Epilogo

> Forse Dio vuole che incontriamo un po' di gente sbagliata prima di incontrare quella giusta, così quando finalmente la incontriamo sapremo come essere riconoscenti per quel regalo.
>
> *Paulo Coelho*

Profezia: gran finale?

Come diceva sempre il mio amico cassiere: a volte ci si sbaglia sul conto di una persona.

Questo il succo di quello che era successo a me con Ester molti anni fa: pensavo mi amasse e invece semplicemente mi usò per i suoi scopi inconfessati.

Da allora, per molto tempo, mi sono sentito inutile come una scarpa vecchia... certo che UNA scarpa anche se è nuova non è che serva a tanto...

La mia vita era stata dilaniata, il mio sentimento era stato ucciso, la mia anima era stata spezzata dall'amore per una donna assurda, una donna che parlava continuamente di rispetto ignorando completamente il significato di questo vocabolo.

Purtroppo un amore così forte e così vero non l'avevo mai provato. Per troppo tempo quella storia non mi permise più di vivere serenamente.

Col passare degli anni ho imparato a convivere col dolore e se oggi riesco a sorridere devo dire grazie soprattutto all'Ansiolin.

Comunque a tutto c'è un limite, ma è bello anche andare oltre... certo, se riesci a superare un limite vuol dire che era un limite del cazzo...

Sono passati tanti anni dal giorno in cui raccontai la mia avventura a quel ragazzo nel bar, anni più sereni ed equilibrati, anni in cui le gioie e i dolori si sono più o meno equivalsi.

In questi anni ho cambiato casa e mi sono trasferito nei quartieri alti della città. Gli impegni di lavoro e la distanza non mi permettono più di frequentare gli amici di allora se non saltuariamente.

L'ultima volta sono tornato nel vecchio rione l'anno scorso.

Era la notte di Natale.

Come ogni anno ero stato a casa della zia Rina per il pranzo.

Il pranzo non era riuscito bene perché la zia aveva fatto bruciare il cappone e ci vollero poi due mesi per rimettere in sesto il grande camino.

Quella sera da Giulio suonavano le cowgirls, le ragazze mucca. Erano stonate come un campanaccio.

Era la prima volta che sentivo delle mucche suonare da cani.

Lasciai le orecchie al guardaroba.

Giulio non era assolutamente cambiato: come sempre non sopporta che nel suo locale giri la droga, così la tiene ferma sotto il banco.

Lui sostiene che ognuno ha il diritto di avere la propria opinione, gli ho detto che non ero d'accordo e lui mi ha dato un pugno.

Giulio non ha il senso della misura e non ha il senso degli affari, la sua donna invece ha il senso della misura degli affari.

Entrai.

Poco a lato, attorno a un tavolo, c'erano tre sardi che giocavano a carte. Capii che erano sardi perché giocavano a tresette col mirto.

Una donna sola mi invitò a giocare a scacchi… le offrii subito la patta.

Si trattava di una prostituta. Il suo sogno era fare soldi senza battere ciglio. Ne ho conosciute tante di puttane, ma mai una vergine. Non può essere un caso.

Lei aveva una faccia che non mi piaceva, così le guardai il culo.

Purtroppo aveva la faccia come il culo.

Iniziai la partita con la mia solita mossa: d2-d4 – Apertura di donna. (L'apertura che preferisco.)

Lei rispose con d7-d5 – Partita di gioco chiuso.

Sotto il vestito non aveva niente, neanche le tette.

Non si sbottonava... lo feci io. (Per controllare.)

Ordinai una coppa di champagne per misurarle le tette.

Quindi ordinai le tette.

Cavallo g1-f3 – Alfiere f8-d6.

Era una ragazza sveglia, infatti tutte le mattine suonava.

E2-e3 – Cavallo g8-f6.

Faceva di ogni erba un fascio, fumava al circolo di Alleanza Nazionale.

Alfiere f1-d3 – Arrocco.

Non era intelligente, ma in compenso la salvava la sua grande ignoranza.

Arrocco – Cavallo b8-c6.

Era appena uscita da una storia con un coglione, uno di quelli a cui il Viagra fa andare il sangue alla testa.

Mi chiese: «Ti vuoi bene?».

Scherzai: «Guarda» le dissi «certe volte per dimostrarmi di volermi bene mi scrivo delle lettere d'amore, però non mi piace concedermi facilmente, per questo quando le ricevo le rispedisco al mittente. Non prima però di averle lette, mi piace sapere cosa penso di me».

«Beato te, io credo di avere toccato il fondo.»

«Be'! Toccare il fondo può essere scortese.»

Giocando e cazzeggiando eravamo ormai arrivati al mediogioco.

Un Sistema Colle solido e sicuro.

Lei spostò la Regina in c6.

La vidi ben disposta nei miei confronti; pensai: "È fatta".

Non mi sbagliavo, si drogava da due anni.

Però quella donna distrutta mi affascinava.

Percepivo nel suo sguardo una richiesta di aiuto e io, a parte quando scopo, non mi tiro mai indietro.

Facemmo un cambio Alfiere per Cavallo poi ben tre cambi di Pedone.

Beveva, infatti credeva a qualsiasi cosa le raccontassi.

Ma io per principio non prendo mai per il culo le persone e le dissi di non alzare il gomito.

Lei mi stupì usando una tecnica che le permetteva di ubriacarsi senza togliere il braccio dal tavolo.

«Secondo me bevi troppo» le dissi.

«Hai ragione» mi rispose «pensa che ho fatto le analisi del sangue e mi hanno trovato globuli rossi, globuli bianchi e globuli rosé.»

Con una forchetta di Cavallo le catturai una Torre.

Improvvisamente si lanciò contro di me e mi urlò sul viso: «Prendimi!».

«Perché, hai intenzione di scappare?»

Alfiere in g5: Scacco!

«Ti voglio!»

«No, stai solo cercando di distrarmi!»

Allora con un astio non giustificato mi disse: «Vaffanculo!».

E se ne andò urlandomi contro parole di ogni tipo.

Ci restai malissimo, stavo solo scherzando.

Chiesi a Giulio di portarmi un whisky, mi accesi una sigaretta e iniziai a pensare c'era qualcosa di strano, quegli insulti mi avevano ferito più del dovuto.

Avevano qualcosa di familiare...

Fu un flash!

Quelle frasi le avevo già sentite...

Ester!

Solo allora mi accorsi di avere giocato e parlato per due ore, senza saperlo, con Ester.

Se non fosse stato per gli insulti non l'avrei mai riconosciuta...

Mi rattristai, ma in quel momento tutte le mie domande ebbero una risposta. Eravamo arrivati all'epilogo del nostro confronto a distanza. Il mio modo di pensare contro il suo, i miei princìpi contro i suoi, la mia logica contro la sua. Mi sovvenne una frase che mi disse all'epoca del nostro secondo incontro: «Tu giochi a scacchi ma anch'io so muovermi bene», frase terribile, quasi un epitaffio sul suo modo di intendere la vita. Lei si era riavvicinata a me muovendo le sue pedine e costringendomi nuovamente alla resa; come se giocare coi sentimenti e giocare con le persone possa essere considerato un'azione degna di merito.

Per me conta solo la serenità, per vincere nella vita non è necessario distruggere gli altri, anzi, grande è colui che realizzando se stesso aiuta anche gli altri a crescere.

Lei, dettando legge nella nostra storia aveva vinto, ma io non sapevo di essere in gara, il premio era stato la sua insoddisfazione e di conseguenza la sua rabbiosa infelicità.

Le stelle della notte di San Lorenzo erano cadute inutilmente.

Rimasi li per cinque lunghissimi minuti con questi pensieri a guardare la scacchiera... poi sorridendo con affetto le mandai un bacio.

Quindi spostai l'Alfiere in h6.

Scacco matto!

SCACCO MATTO

Appendice

(canzoni con spartiti)

Chitarristi in 24 anni

ovvero trattato semiserio
sulla tecnica chitarristica di Flavio Oreglio
(per chitarristi e non solo!!)

di Lorenzo Arco

Flavio Oreglio nasce negli anni Settanta come pianista ma, accorgendosi che portare lo strumento sul sedile posteriore dell'autobus durante le gite scolastiche impediva all'autista la vista dallo specchietto retrovisore, dovette suo malgrado optare per qualcosa di meno voluminoso. Negli anni Ottanta la sua scelta cadde sulla chitarra, strumento che cominciò a studiare con passione ma con scarsi risultati.

Invece che a banali patti con il diavolo (Robert Johnson[1] *docet*), il nostro eroe si rivolse al parroco di Peschiera Borromeo[2] don Luigi Cozzi, il quale gli regalò delle corde benedette provenienti direttamente da Lourdes. I risultati furono talmente straordinari, per usare parole sue, che da allora Flavio non si separò

[1] Mitico chitarrista degli anni Trenta. Si narra che avesse fatto un patto con il diavolo per imparare a suonare il blues.
[2] Paese natale di Flavio Oreglio.

più da dette corde e ancora oggi sono loro a fornire le dolci e suadenti melodie con le quali il nostro cantattore[3] ammalia il suo pubblico.

Eminenti musicofili e critici hanno tentato in questi anni di definire lo stile musicale del nostro: dopo infinite audizioni e prove comparate con i grandi della musica del passato sono giunti alla seguente conclusione: «Flavio Oreglio è un chitarrista essenzialmente in DO».

Nel suo stile chitarristico si fondono le caratteristiche che sono proprie dello stornellatore e del cantante di serenate, filtrate però attraverso la sua sensibilità di pianista, ottenendo così un ibrido che sta a mezzo fra Keith Emerson[4] e il Duo di Piàdena.[5]

Dopo lunghe elucubrazioni si può quindi affermare che Flavio Oreglio, oltre a essere un cantattore, è anche un cantinventore, avendo inventato un nuovo strumento: la Pianarra.

L'accordatura

L'accordatura utilizzata da Flavio Oreglio è la perfetta sintesi di trent'anni di musica folk:

[3] Parola formata da «cantante» e «attore».
[4] Tastierista del gruppo Emerson, Lake & Palmer è famoso per avere tra le sue schiere di fan Flavio Oreglio.
[5] Duo vocal-folk degli anni Settanta, noto in tutto il mondo per l'hit *L'uva focarina*.

non le scomode *open tunings*[6] di westcoastiana memoria, non le noiose *dropped D*[7] di tanti cantautori americani, ma un'originale accordatura a «RE instabile» che permette la massima espressività musicale.

Dal MI basso:

MI LA RE instabile SOL SI MI

Gli arpeggi e la mano destra

Flavio Oreglio è un grande maestro nell'uso della mano destra (è anche chiamato il Segovia della Paullese) e affronta gli arpeggi sulla pianarra con piglio sicuro e tocco preciso. Utilizza una tecnica poco ortodossa, seppure di derivazione classica. Su un accordo di DO, per esempio, potrebbe suonare

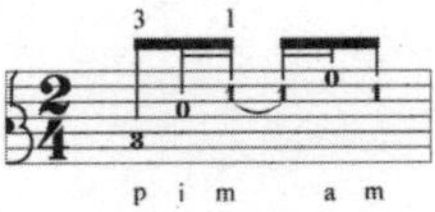

oppure, ricordando i suoi trascorsi pianistici, alternerebbe il basso evitando l'ostinato in questo modo:

[6] Accordature aperte.

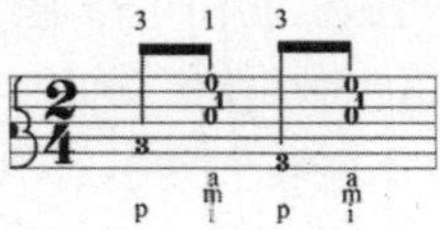

Il *fingerpicking* viene affrontato da Flavio in modo lineare, forse alla luce della lezione di Paul Simon in *The Boxer*:

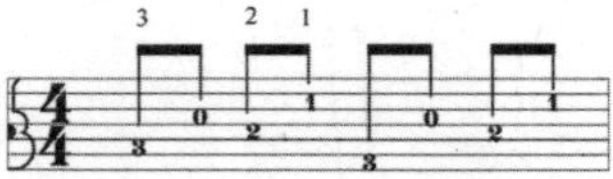

La mano sinistra

Nella tecnica di Flavio Oreglio la mano sinistra diteggia sulla tastiera in modo essenziale, evitando il più possibile sprechi di movimento. Un esempio potrebbe essere il suo modo di suonare l'accordo di RE. Invece di utilizzare la posizione canonica

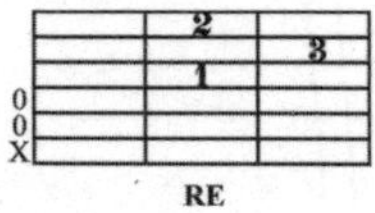
RE

opta per una inconsueta, ma per lui più efficace

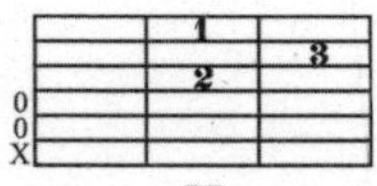
RE

che gli permette un cambio più «ergonomico» nel passaggio a RE minore.

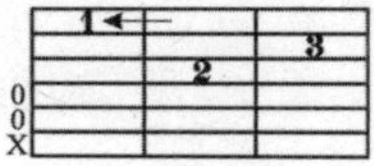

RE min

Termina qui questo piccolo trattato sullo stile chitarristico di Flavio Oreglio, il Segovia della Paullese.

Suonando le sue canzoni che sono qui di seguito riportate, divertitevi pure, ma per favore non dimenticate mai quel pianoforte a coda che langue, abbandonato per amore della chitarra, sul sedile posteriore del pullman.

La stella del Moulin Rouge

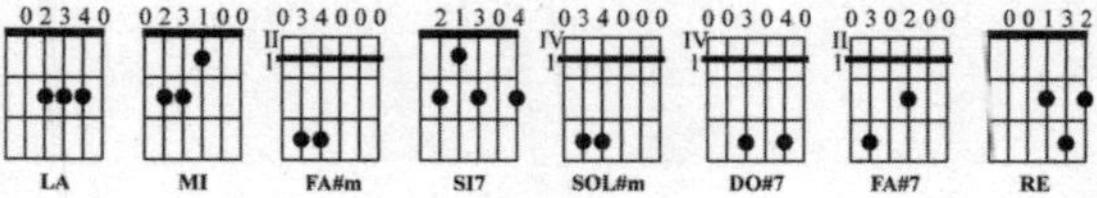

LA MI LA
L'ho conosciuta in un locale di Parigi...
FA#m SI7 MI
Era la stella che ballava al Moulin Rouge.
SOL#m DO#7 FA#m
Si chiamava Margherita ed era bella,
FA# SI7 MI
talmente bella che me ne innamorai...
LA MI LA
E le ho portato i fiori nel suo camerino.
FA#m SI7 MI
Lei mi ha chiamato per conoscerci di più.
SOL#m DO#7 FA#m
Sono entrato, lei mi ha fatto l'occhiolino,
FA# SI7 MI
io l'ho guardata e son rimasto li così...

LA RE LA
Ma che due occhi che ci ha la Margherita,
MI7
due occhi grandi come il mare e il cielo blu.
DO#7 FA#m7
Mi sono perso nel suo fascino straniero,
SI7 MI LA
innamorato del suo bel nasino in su.

E dopo cena l'ho portata a casa sua
con la carrozza come ai tempi di Baudelaire.
Mi ha salutato e mi ha baciato con passione,
io l'ho guardata e son rimasto lì così.

Ma che due labbra che ci ha la Margherita,
due labbra grandi come il mare e il cielo blu,
mi sono perso nel suo fascino straniero,
innamorato del suo bel nasino in su.

E poi mi ha detto: «Sali pure a casa mia,
beviamo un drink o ci facciamo un buon caffè».
Fece le scale camminandomi davanti,
io l'ho guardata e son rimasto lì così.

Ma che due chiappe che ci ha la Margherita,
due chiappe grandi come il mare e il cielo blu,
mi sono perso nel suo fascino straniero,
innamorato del suo bel nasino in su.

Ha messo un disco per creare l'atmosfera,
ha improvvisato uno spettacolo strip-tease,
e mi ricordo quando ha tolto il reggiseno,
io l'ho guardata e son rimasto lì così.

Ma che due tette che ci ha la Margherita,
due tette grandi come il mare e il cielo blu,
mi sono perso nel suo fascino straniero,
innamorato del suo bel nasino in su.

E poi mi ha detto: «Adesso, amore, chiudi gli occhi
e solo quando sarò nuda sarò tua».
Quando li ho aperti non aveva più un vestito,
io l'ho guardata e son rimasto lì così.

Che due coglioni che ci ha la Margherita,
due balle grandi come il mare e il cielo blu,
mi va a ramengo anche il suo fascino straniero,
non è soltanto il naso a essere all'insù.

E se cercate una morale in questa storia,
in questa storia la morale in fondo è:
bisogna prendere la vita come viene
sperando che la vita, no, non prenda te.

31 dicembre

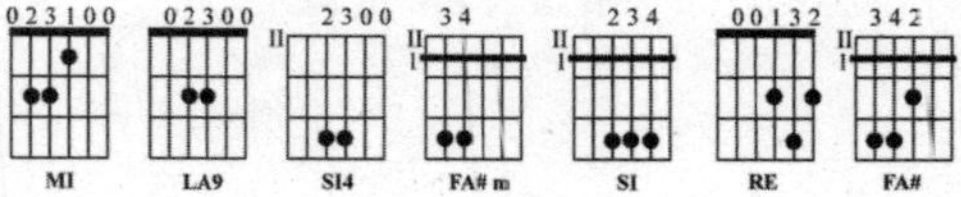

MI   LA9   MI   LA9   MI
Un anno se ne è andato, è stato un anno brutto.
SI4   LA9   MI   LA9   MI
Però stasera è festa e ci dimentichiamo tutto.
MI   LA9   MI   MI   LA9   MI
Ma prima della festa c'è un'ultima emozione:
SI4   LA9   MI   LA9   MI
è il nostro presidente col discorso alla Nazione.
FA#   LA9   MI
A reti unificate lui parla agli italiani
FA#   LA9   MI   LA9   MI
che ascoltano e si stringono i polmoni tra le mani.

E il primo di gennaio, proposto dall'antenna,
concerto dell'orchestra filarmonica di Vienna.
La Marcia di Radetzky, sorrisi e battimani
per lui che era un bastardo e che ha ammazzato gli italiani.
Siamo un popolo di pirla che si dichiara pacifista
e che festeggia l'anno nuovo con un inno a uno stragista.

Rit.
LA9   SI4
Forse l'anno nuovo porterà serenità.
RE   LA9   MI
Forse l'anno nuovo un po' più furbi ci farà.
LA9   SI4
Spero che mi porti tanto amore e atti impuri.
RE   MI   FA#
Lo spero anche per voi con tanti auguri.

Alla festa di quest'anno, c'è l'ingegnere Tavolazzi,
esimio progettista, un tipo con i controcazzi.
Non l'ho mai visto così fuori, solitamente è molto serio,
non so se è colpa della festa o forse è solo il climaterio.
Ha lo spumante in mano ed è già pronto per il botto,
impugna la bottiglia e sembra Lancillotto.

E la moglie sessantenne si mette dietro alla sua spalla
per evitare il tappo che non si sa mai dove rimpalla.
Lei ride divertita, lui stappa in euforia
ma gli rimane il tappo in mano e la bottiglia parte via.
Centrata in piena fronte, la moglie sbatte contro il muro.
Quel posto lì non era poi così sicuro.

Rit.
Forse l'anno nuovo...

E c'è chi mangia le lenticchie perché fortuna porteranno.
Gli cade il piatto sulle gambe e vaffanculo il Capodanno.
E c'è chi vuole far casino e spara un fuoco artificiale
e si ritrova senza un dito in una stanza d'ospedale.
Arriva l'infermiere che lo cura e fugge via.
C'è pieno di pirla così di là in corsia.

C'è chi ti fischia in un orecchio soffiando dentro alla trombetta
che gliela ficcheresti in gola assieme a tutta la linguetta.
E c'è chi balla brasilero, chi vuole musica barocca,
chi con la scusa del trenino palpa il culo a una gnocca.
Son le ultime miserie di un anno andato male,
probabilmente l'anno nuovo sarà uguale.

Rit.
Forse l'anno nuovo...

Son le ultime miserie di un anno andato male,
probabilmente... l'anno nuovo... sarà uguale.

Amore mio

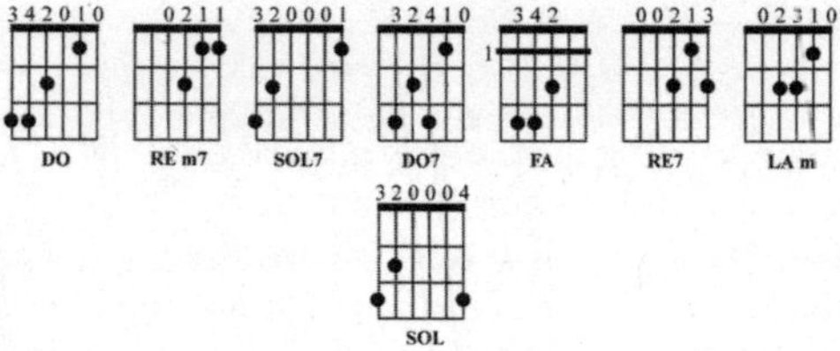

DO   REm7   SOL7
Quando ti ho incontrata, non hai detto una parola,
                                     DO
mi sembravi timida, invece avevi il mal di gola.
            DO7   FA   RE7
Come ti è passato hai cominciato i tuoi sermoni,
                              SOL   SOL7
ora parli sempre e mi trituri la la la...

Sei affettuosa come un pit-bull con le prede,
chiara e obbiettiva come il tg di Emilio Fede,
hai la fantasia di una colonna di granito,
sei esuberante come un bradipo intontito.

Rit.
FA   SOL   DO MIm/SI LAm   DO/SOL   FA
Eppure amore io ti amo
            SOL7   DO   SOL
e poi per sempre ti amerò.

Mi dicevi che per me avresti fatto fuoco e fiamme
ma non immaginavo che incendiassi casa mia.
Non è tanto per il gesto un po' volgare da squadrista
ma la nonna, poverina, era in casa col callista.

La nonna mi diceva: la tua donna è un tipo strano.
È bella ed è pulita come l'aria di Milano.
Sembra vellutata come la pelle delle iguane,
dritta e lineare come un casco di banane.

Rit.
Eppure, amore, io ti amo
e poi per sempre ti amerò.

Sei rassicurante come la presenza di un avvoltoio,
dolce e innocente come la lama di un rasoio,
tu sei genuina come il vino al metanolo,
siamo compatibili come il toro e lo spagnolo.

Mi dicevi che per me avresti messo la mano sul fuoco
ma non immaginavo che la mano era la mia,
quella mano che stringevi forte con affetto
e che adesso stringi forte forte nel morsetto.

Rit.
FA   SOL   DO MIm/SI LAm   DO/SOL   FA
Eppure, amore, io ti amo
            SOL7   DO MIm/SI LAm   DO/SOL   FA
e poi per sempre ti amerò.

            SOL7   DO MIm/SI LAm   DO/SOL   FA
E poi per sempre ti amerò.
            SOL7   FA   DO
E poi per sempre... ti amerò.

Il Carlo

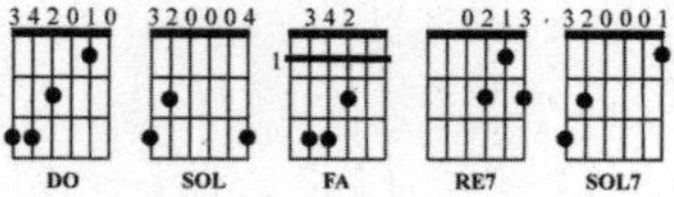

DO   SOL7
Il Carlo sognava di andare in Martinica
                                                  DO
a bere e a ballare con qualche bella chica.
DO   SOL7
Il Carlo sognava di andare in Mozambico,
                                          DO
correre nudo con la foglia di fico.

FA   DO   SOL7   DO
Abracadabra salagadula ha fatto qualche magia,
FA   DO   RE7   SOL
ma resta sempre lì come un randa al bar sotto casa mia.
FA   DO
Sogna champagne e le prosperose
        SOL7   DO
di un'isola delle Hawaii,
FA   DO   RE7   SOL
ma tutti i giorni tracanna gazzose e la storia non cambia mai.

Rit.
DO   SOL   FA
Ci vuole un colpo di culo per fare un bel boom
                   DO
e cambiare la vita.
                         SOL   FA   DO
Ci vuole un colpo di culo se no la discesa va sempre in salita.
DO7   FA SOL   DO
Ci vuole un colpo di culo… in fondo solo fortuna,
                       SOL7   DO
perché la vita è una palla e se vuoi stare a galla la devi giocar.

Il Carlo sognava una moglie miliardaria
per vivere sul sofà con le palle all'aria.
Il Carlo sognava un reddito succulento
per vivere sul sofà con le palle al vento.

Abracadabra salagadula ha fatto qualche magia,
Ma resta sempre lì come un randa al bar sotto casa mia.
Sogna champagne e le prosperose
di un'isola delle Hawaii,
ma tutti i giorni tracanna gazzose e la storia non cambia mai.

Rit.
Ci vuole un colpo di culo per fare un bel boom
e cambiare la vita.
Ci vuole un colpo di culo se no la discesa va sempre in salita.
Ci vuole un colpo di culo... in fondo solo fortuna,
perché la vita è una palla e se vuoi stare a galla la devi giocar,
perché la vita è una palla e se vuoi stare a galla la devi giocar,
perché la vita è una palla e se vuoi stare a galla la devi giocar.

Piccola rosa selvatica

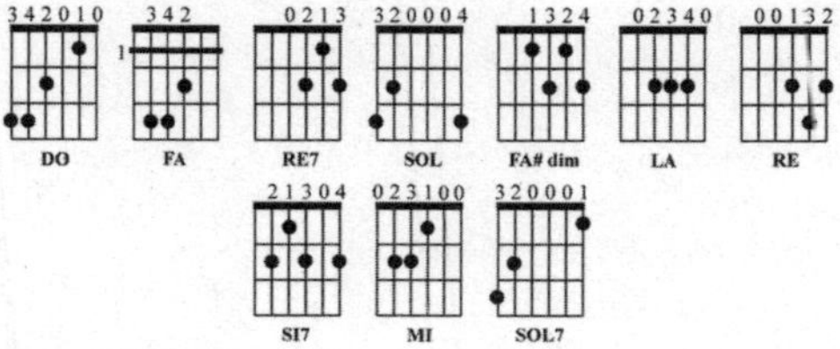

DO   FA DO   FA   DO
Piccola rosa selvatica, all'anagrafe sei Monica,
DO   FA DO   RE7   SOL
piccola rosa selvatica, la tua passione è la politica,
DO   FA DO   FA   FA# dim
piccola rosa selvatica, sei un'esperta di linguistica.
   DO   SOL   FA   DO
Tu piaci alla gente e al presidente la cosa sì ti va,
   FA   DO
tu sei la stagista, lui è un musicista,
     FA   SOL DO
c'è molta affinità...

DO   FA DO   FA   DO
Piccola rosa selvatica, il presidente è democratico,
DO   FA DO   RE7   SOL
piccola rosa selvatica, lo sai si gonfia è un po' aereostatico,

DO   FA DO   FA   FA#dim
piccola rosa selvatica, l'avevi visto un poco apatico,
      DO   SOL   FA   DO
l'hai fatto sognare, tu sai come fare per dargli felicità.
  FA   DO
Lui mise giù il sax, tu basta coi fax
        FA   SOL DO
e fu un attimo di relax...

LA   RE LA   RE   LA
Il presidente al telefono farfugliava in maniera comica,
LA   RE LA   SI7   MI
parlava di bocche di fuoco, e di tirar la bomba atomica,
LA   RE LA   RE   FA#dim
e poi festeggiò da profano con un sigaro cubano.
LA   MI
Rimani in ginocchio, non dare nell'occhio,
RE   LA
è un attimo di poesia,
RE   LA
finisce la festa, un sigaro a testa,
MI   LA   SOL7
questa è democrazia.

Piccola rosa selvatica, sei una donna senza scrupoli,
piccola rosa selvatica, il presidente ha due batuffoli,
piccola rosa selvatica, vuoi venire qui da noi?
Nel mese di Maggio... paghiamo anche il viaggio
e tutti sul Pordoi... poi sotto a chi tocca ,
tu porta la bocca, al resto pensiamo noi.

Solo polvere

di Flavio Oreglio e Lorenzo Arco

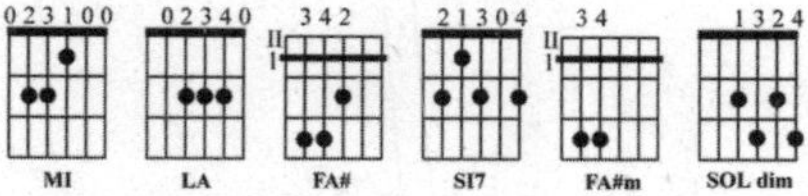

MI   LA   MI
Parlava di certezze e di sicure verità,
MI   FA#   SI7
sorrisi tatuati finta solidarietà,
MI   LA   SOLdim
e si gasava col primato dell'economia,
MI   FA#m   SI7   MI
però non si accorgeva che era un'altra ideologia,
LA   MI   SI7   MI
però non si accorgeva che era un'altra ideologia.

LA   MI
Ma la vita l'ha preso a schiaffi
SI7   MI
e violentato in mezzo a un prato,
LA   MI   FA#   SI7
l'ha costretto a rimangiarsi quel che aveva vomitato.
LA   MI   SI7   MI
Le sentenze che ha sputato si son rivelate vane,
LA   MI   SI7   MI
era tutta polvere e polvere rimane,
LA   MI   SI7   MI
era solo polvere e polvere rimane.

Un volo verso il cielo, gli orizzonti della gloria,
vogliono cercare di riscrivere la Storia,
come se bastasse ritoccare la facciata,
per cancellare tutta la violenza che c'è stata:
qualcuno l'ha subita, qualcun altro provocata.

Ma la Storia l'ha preso a schiaffi
e violentato in mezzo a un prato,
l'ha costretto a rimangiarsi quel che aveva vomitato.
Le sentenze che ha sputato si son rivelate vane,
era tutta polvere e polvere rimane,
era solo polvere e polvere rimane.

Bandiere e simulacri sono solo divisioni,
poi giungono partiti, razze, sesso e religioni.
Qualcuno ci ha creduto senza mai capire che
l'appartenenza è solo un falso senso del dovere,
giullare malinconico al servizio del potere.

Ma il potere l'ha preso a schiaffi
e violentato in mezzo a un prato,
l'ha costretto a rimangiarsi quel che aveva vomitato.
Le sentenze che ha sputato si son rivelate vane;
era tutta polvere e polvere rimane,
era solo polvere e polvere rimane.

Era solo polvere e polvere rimane,
era solo polvere e polvere rimane,
era solo polvere e polvere rimane,
era solo polvere e polvere rimane.

Suonatore di chitarra

di Stefano Covri

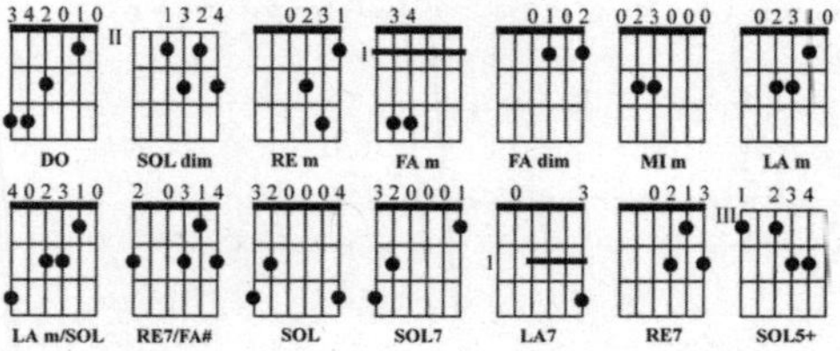

DO SOLdim
Suonare in un locale di sera
REm FAm
è come stare un anno in un paese di frontiera,
FAdim
dove tutti passano e vanno
DO MIm LAm LAm/SOL RE7/FA#
e nessuno si ferma mai,
SOL SOL7
e qualcuno ti chiede una canzone che non sai.

Suonare in un locale di notte
è come stare un mese nel letto pieno di lividi e botte.
E hai degli amici che a volte ti vengono a trovare,
e qui intanto fa caldo e nessuno mi porta da bere.

Rit.
LA7 RE7
E una bionda a un tavolino mi guarda e fa l'occhiolino,
SOL
un ubriaco mi viene addosso,
DO
mi sporca la camicia di vino,
LA7 RE7
una ragazza beve un bicchiere di una bibita al gusto lime,
SOL
intanto suono e mi fondo le dita
DO SOL5+
al ritmo di un ragtime.

Suonare in un locale alla moda
è come stare un giorno in autostrada a fare la coda.
E tutti quelli che han la tessera li fanno entrare,
e qualcuno mi paga per la sua canzone da cantare.

Suonare in un locale a Milano
ti fa incontrare tanta gente e qualche tipo strano,
vecchi amici, amori passati, ragazze dalle calze nere,
e qui fa sempre più caldo e nessuno mi porta da bere.

Rit.
E una bionda a un tavolino...

Un uomo allo sbando

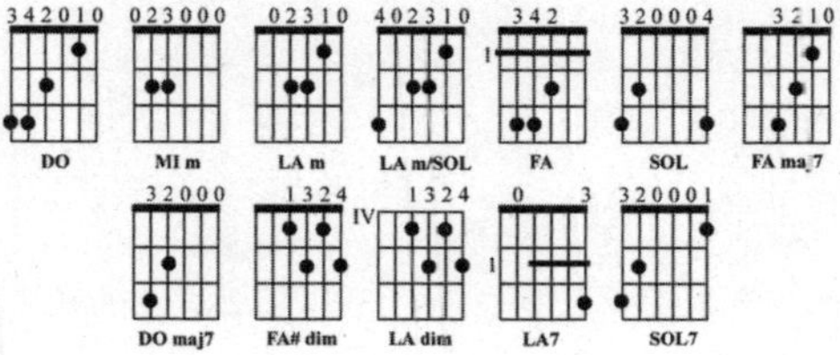


```
       DO      MIm     LAm    LAm/SOL
Mi risveglio, poi mi lavo,
    FA                DO          SOL
preparo la mia prima colazione.
         DO  MIm  LAm   LAm/SOL
Per la casa    giro nudo
  FA                  DO            SOL
e centro una puntina col tallone.
            FAmaj7     DOmaj7
Sul mio volto, con terrore,
     FA#dim       LAdim DO             LA7
si dipinge          un'espressione di dolore.
 FA              DO               SOL
Salto smadonnando con il piede nella mano,
         FA                  DO              SOL
scandalizzo anche il vicino che è toscano.
```

Ragnatele dentro al bagno.
Son talmente solo, parlo con il ragno,
lo tempesto di domande,
ma la cosa allucinante è che risponde.
In cucina, che sfacelo,
la polvere ha formato tutto un velo.

```
     FA          DO             SOL
la mente si riposa sul pensiero che vorrei,
      FA          DO                   SOL       SOL7
l'immagine che torna è sempre lei... lei.
```

Rit.

DO FA SOL
Lei mi chiamava Hemingway,
DO FA SOL
quando vivevo all'Avana.
DO FA SOL
Lei mi chiamava Hemingway,
DO FA SOL
lei era portoricana.

DO FA SOL
Mi stava sempre addosso,
DO FA SOL
quando voleva giocare.
DO FA SOL
Mi stava sempre addosso,
DO FA SOL
quando voleva l'amore.

Sono triste, sono allegro,
sono molto preoccupato, ho alle spalle un negro.
Fastidiosa sensazione,
non è il colore della pelle ma la posizione.
C'è un incendio nella via…
brucia un'automobile… la mia.
La mente si riposa sul pensiero che vorrei;
l'immagine che torna è sempre lei... lei

Rit.
Lei mi chiamava Hemingway, quando vivevo all'Avana.
Lei mi chiamava Hemingway, lei era portoricana?
Mi stava sempre addosso, quando voleva giocare.
Mi stava sempre addosso, quando voleva l'amore.

Una notte così

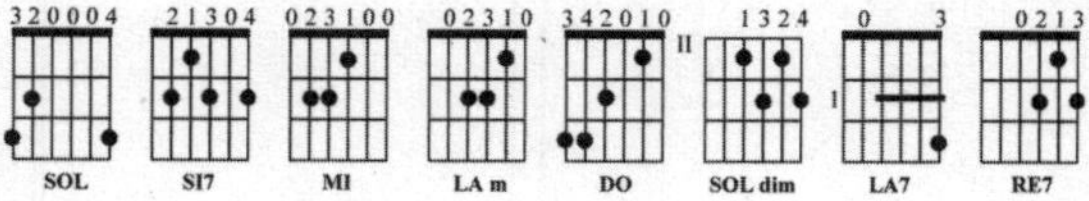

SOL SI7 MI
Sembra il carillon di una favola,
LAm MI LAm
siamo rimasti soltanto noi due,
DO SOLdim SOL MI
coincidenza o voglia di noi,
LA7 RE7
solo un respiro scivola via.

Ma già pensiamo al domani:
cosa faremo e come sarà,
è l'abitudine di credere che
se non è sempre, no non è mai.

Dammi un istante, ma vero,
il tempo è un alibi che
non dà valore alle cose che fai,
a quello che dici, quello che dai.

Magari è solo una notte,
ma è meglio una notte che va così
che l'illusione di credere che
ci sia qualcosa che forse non c'è.

Stringimi forte le mani,
alle tue labbra non chiedo di più,
ma baciami l'anima o dove vuoi tu,
fa che sia tutto, fa che sia qui.

```
SOL        SI7        MI
Magari è solo una notte,
LAm                    MI        LAm
    ma è meglio una notte che va così
DO          SOLdim      SOL       MI
    che l'illusione   di credere   che
LA7
    ci sia qualcosa,
DO
    ci sia qualcosa,
LA7               RE7                    SOL
    ci sia qualcosa che forse non c'è.
```

Vite parallele

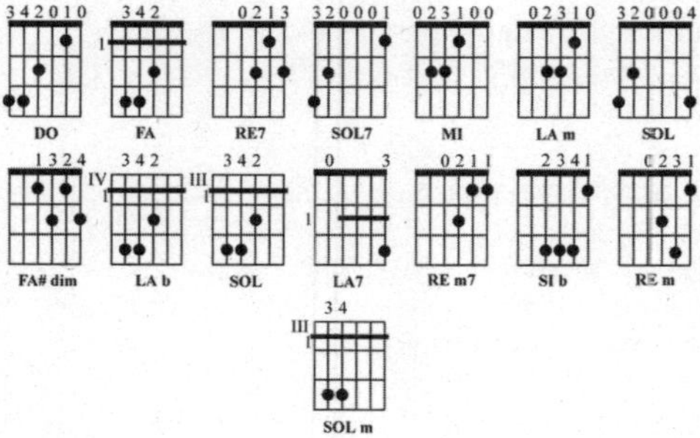

DO FA DO
Un brindisi di cuore, capitano mio capitano,
FA DO RE7 SOL7
che governi la tua nave dal pacifico all'indiano.
MI LAm SOL DO
Hai attraccato al porto, le navi sai lo fanno,
FA FA#dim DO LAm LAb SOL DO
dicendo: non importa ritardiamo, aspetteranno.
FA FA#dim DO LAm LAb SOL DO
Ma voglio festeggiare con la ciurma il compleanno.

LA7 REm7 DO FA
Voglio ricordarti così, mentre dici: solo un goccio.
SIb DO FA REm SOLm
Entro al massimo dieci minuti dobbiamo partire
SOL DO
alla volta di Hong Kong.

LA7 REm7 DO FA
Voglio ricordarti così, alla nona caipiriña,
SIb DO FA REm SOLm
sette ore passate bevendo, salpasti ridendo,
DO FA SOL
guidavi a zig-zag.

Un brindisi di cuore a te che fai tutto da solo
Dalla mensola in cantina al ripieno del raviolo
Hai fatto un deltaplano col kit del fai da te
L'hai fatto in due minuti con gran soddisfazione
Ti accorgi solo in volo dell'assenza del timone.

Voglio ricordarti così, con in mano le istruzioni,
mentre guardi quel pezzo di legno, lo butti alle spalle,
gridando si va!!!
Voglio ricordarti così, in balìa dei quattro venti,
mentre nomini santi e madonne
e il pirla di quel corso di bricolage.

Un brindisi di cuore a te che odii ogni barriera
e che affronti le correnti a bordo di una mongolfiera.
Hai calcolato tutto, altezza e direzione,
la bombola dell'elio, il vento e la pressione,
tranne un pirla in deltaplano
che ha buttato via il timone.

Voglio ricordarvi così, mentre dite be' fa niente,
stiam cadendo ma siamo sul mare,
facciamo un bel tuffo sappiamo nuotar.
Voglio ricordarvi così, schiantati sulla nave cargo…
Trasportava con grosso ritardo,
timoni di legno per il fai da te.

«Bis»
di Flavio Oreglio
Collezione Biblioteca Umoristica Mondadori

Arnoldo Mondadori Editore

Finito di stampare nel mese di aprile 2003
presso Mondadori Printing S.p.A.
Stabilimento NSM di Cles (TN)

Stampato in Italia - Printed in Italy